Fan
ファン文庫
TearS

相棒の泣ける話

JN103019

株式会社 マイナビ出版

TearS

CONTENTS

死が別つもの　朝比奈歩　005
タピオカとジップライン　杉背よい　023
サリバン先生とひきこもり　浜野稚子　041
こいつは相棒　猫屋ちゃき　059
借金大王　神野オキナ　077
君は違う　一色美雨季　095
パルトネール　ひらび久美　113

歳の離れたちぐはぐ相棒 桔梗楓 131
相棒の作り方 霜月りつ 149
二億円の贈り物 朝来みゆか 167
出来心 鳴海澪 185
シーグラスは波間へ還る 溝口智子 203
あなたとなら、どこまでも 編乃肌 221
〆っぽい話 鳩見すた 239

死が別つもの

朝比奈歩

食後、常飲しているサプリメントを口に放り込む。飲み物は、とテーブルの上に視線をさ迷わせると、水の入ったグラスをすっと差し出された。

読んだようなタイミングで出されたグラスを持つのは、幼馴染で親友の英二《えいじ》だ。まるで長年連れ添った老夫婦のような阿吽《あうん》の呼吸である。

「お、サンキュ」

礼を言って錠剤と水を飲み下す。それを待っていたように、英二はオレからグラスを無言で取り上げ去っていく。勝手知ったるなんとやらで、彼はうちの１ＤＫボロアパートの狭いキッチンで洗い物の続きを再開した。

相変わらず無口で無愛想だが、気の利く幼馴染だ。お互いに三十も半ばで、独り身だった。

英二とは仕事帰りにたまたま駅前で会い、せっかくだから飲まないかと誘ってうちにきた。このご時世なので宅飲みだが、デパ地下でつまみをテイクアウトするのは楽しかった。久しぶりに友に会えて、いろいろ話せたのも悪くない。

酒の瓶を傾けると、一滴だけグラスに落ちる。もう買ってきた酒はない。買い置きもなかった。溜め息とともに愚痴がこぼれる。

「オレ、こないだお前のせいで振られたんだよね」

「なんだそれは？　なぜ俺が悪いんだ？」

「さっきの水だよ」

数か月前、告白されて付き合い始めた五歳年下の後輩は、年も年なので結婚の圧がやや強かった。結婚を前提に考えられなかったオレが態度を曖昧にしているうちに振られて、その子は別の同僚とあっという間に婚約していた。

振られた理由が、「サプリ飲むとき無意識に手を出して、水が入ったグラスがくるの待ってる態度が昭和っぽくて無理」だったのだ。

亭主関白みたいで今の時代にそぐわない男だと、平成生まれの彼女は判断したらしい。

昭和生まれの男すべてがそうではないのに、雑に昭和でくるなんて失礼だ。

振られたのは仕方ないと思っている。適齢期女性を相手に、態度を曖昧にしていたオレが悪い。だが、振られた理由があんまりではないか。

オレだって、グラスを出してもらって当たり前だと思ってはいない。あれは無意識の動作だ。彼女がいなくて、一人のときでもやってしまう癖。そうなるまで、オレを甘やかしたのはこの幼馴染である。

「ふぅん、それで俺のせいか。だいたい甘やかしてるんじゃない。これはただの親切だ。近くで水を必要としている人がいて、自分が水の近くにいたから差し出しただけ。有馬《ゆうま》が相手でなくてもやっている」

「ああ、もうそういうとこ。オレと結婚してくんない？」

元カノでは悩んだ結婚だが、こいつが女なら迷わずプロポーズしただろう。

「はぁ？　キモイこと言うなバカ。俺は明日も早いから帰るぞ」

いつの間にか流しを片づけ終えた英二が、重そうな鞄を持って玄関に向かう。

「また実験か？」

「ああ、培養実験でしばらく研究室にこもる予定だ」

やたら頭のよかった幼馴染は、大学卒業後は院に進んで、そのまま大学に残ってなにやら研究しているらしい。実家が裕福なので金銭の心配もなく、親も理解があり、実家で暮らしながら好きな研究に打ち込んでいる。

いつも無表情な英二の口元がかすかに弧を描くのを見て、胸のあたりがほっこりする。きっと明日からの実験が楽しみなのだろう。幸せそうでなによりだ。

「じゃあな、気を付けて帰れよ」

英二は無言で頷くと玄関を出た。その背中に手を振り、見えなくなるまで見送る。

気の置けない友との宅飲みのおかげで、振られた理由に不貞腐れていたのが不思議なぐらい、ご機嫌になっていた。

少し早めに出社する。コンビニで買った朝食をガサゴソいわせながら、オフィスに入ると、隣席の同僚女性がすでに出社していた。既婚のママさんで朝型なんだそうだ。いつも早い彼女は、パソコンでネットのニュースを読んでいる。チラッと見ると、太字の見出しが読み取れた。

「へえ、同性婚か。日本も認められるなら、オレもしたいなぁ」

なにも考えずに思ったままを口にしたら、同僚が椅子をガタつかせて急に振り向いた。

「ええ！　有馬君ってそっちの人だったの？　いきなりのカミングアウト？」

目をキラキラではなくギラギラさせる彼女に、腰が引ける。そういえばこの人、腐女子だったんだ。

「いやいや、そうではなくてですね……」

引きつる口元に苦笑を浮かべ、オレは隣に腰かけると幼馴染のことを話した。

「あらあらまああ、素敵な関係ね」

彼女の鼻息が荒くなる。話さないほうがよかったかもしれない。食べかけの朝食のおにぎりが喉に詰まりそうだ。

「まあ、そんなわけでしてね。恋愛感情があるわけじゃないんですけど、一緒に暮らしたり人生歩んでいくなら、あいつみたいな相手がいいなって。同性婚が許されるなら、いっそ結婚したいなぁって」

「わかるわその気持ち。下手な異性と結婚して失敗するぐらいなら、気の合う同性と友達結婚して家族になれたら幸せなんじゃないかなって考えるわよね」

「既婚なのに、そう思うんですか？」

旦那さんとうまくいってないのかと心配になるが、ふふっと笑い返された。

「今のところうちは問題ないわよ。でもね、これから先もなにもないとは限らないじゃない。幸せだけど、お互いに不満もあるし喧嘩もする。これが同性だったらなにも言わずにわかってくれるのにって、思うことない？」

「あ〜、あります。性別の壁ってのはどうしてもでちゃいますよね。そこがもどかしくって、だからなにも言わずにわかってくれる幼馴染と結婚したいなって思ってしまったんですよ」

「そうそれ。あと結婚って契約をすれば、お互いにやってあげられることも増えるわ。いくら仲がよくても、友達って距離だと手が届かないこともある」

オレはうんうんと頷く。

事故で早くに父を亡くし、女手一つで息子を育てた母も、数年前に癌で亡くした。親戚はいるが、そんなに仲がいいわけでもない。一人っ子のオレは、なにかあったときに頼れる肉親がいない。

ふとしたときに寂しくなり、無性に誰かと結婚したくなる。けれど悲しいかな、結婚したいと思うほどの異性はなかなか現れない。なにか足りない気がして、いつも二の足を踏んでいる間に振られてしまうのだ。

「でもね、友達って距離だから別れを避けることもできるのよね」

彼女が感慨深げにそうこぼす。

「別れを避ける、ですか？」

「結婚は契約だから。契約は破棄される可能性もあるのよ。でも、友達になるのに契約は必要ないでしょう。距離があるから、決定的に別れないですむこともあるのよ。なのに結婚してしまったら、その特別な友達を失う可能性がでてきちゃうじゃない」

オレは英二と過去にひどい喧嘩をしたことがある。それも何度も。

家がたまたま隣同士で、親同士が仲がよかったから始まった友人関係だ。もともと気が合うほうじゃない。趣味も好みも違うし、価値観だってかなり噛み合わないと思う。

それでも、だらだらとこの関係は続いて、お互いの嫌なところや好きなところを理解できるようになっていった。今では彼の隣を心地よく感じるほどで、英二も同じように思ってくれていたら嬉しい。

だけどこれが恋人だったら、とっくに別れていただろう。英二と続いているのは、友達だからだ。最悪な喧嘩をしたら、しばらくお互いに離れていた。このまま絶交かなと思ったのに、なにかの拍子に仲直りしてきた。恋情だの性欲だのが介在していなかったから、また友達に戻れた。

その英二と結婚して、もし別れてしまったらと想像する。

「そうですね……たしかに、もう幼馴染にも親友にも戻れないかもしれません」

現代でも結婚はやはり両家を巻き込むものだ。オレにはもう家族はいないけれど、離婚すれば配偶者の家族ごと失くす。

英二と結婚したら、子供の頃からオレによくしてくれた彼の家族ごと失うリスクもでてくる。まあ現状、同性婚なんてできないから絵空事だけれど、そう考えると結婚って怖い。

オレはこのリスクに怯えて結婚に踏み切れなかったのかもしれない。それか、絶対に別れないと思えるほど、相手を好きになれなかったせいか。

「結婚って難しいですね」

「そうね。でも、難しいことは考えないで飛び込んでみて、駄目だったら別れようぐらいの心構えでやるしかないのも結婚よ。だから、そんなギャンブルに大切な友達は巻き込めないわね」

「なんだかそれ、配偶者より友達のほうが大切っぽくないですか？」

「そうとも言う」

同僚ママさんが、ころころと楽しそうに笑う。

「だから同性の特別な友達っていいんじゃない。配偶者とは別の絆があって、相棒みたい」

「相棒ですか？」

ぴんとこなくて首を傾げる。

「そうね、相棒だと仕事仲間っぽいわね。英語のバディならどう？　親友って意味も含まれるし、親友よりももっと近い関係な感じがしない？　親友以上、配偶者未満の相手」

それは悪くない。英二とオレの関係にぴったりとくる気がした。

「あら、そろそろ始業時間ね」

時計を見て、同僚ママさんは仕事と関係ないサイトのページを閉じていく。早朝に会社にきて推し活をしていたようだ。だから出勤が早いのか。

消されていくページを生温かく見つめていると、ポケットでスマホが振動した。液晶を見ると、アパートの大家さんからだった。

「珍しいな、なんだろ？」

呑気に電話にでたオレは絶句することとなった。

始業直後に会社を早退というか、休むことになったオレは、燃え落ちたアパートの前で呆然としていた。

「これ、どうしたらいいんだ……」

自宅が火事で全焼なんて、初めての経験だ。

出火は隣の部屋からだと聞いた。ボロい木造アパートなので、消防車が到着する前に火が回り、消火活動の放水の水圧で崩れてしまったそうだ。だがそのおかげで、延焼は免れたらしい。

住人もオレとお隣さん、あと上の階に二人住んでいたが、みんな会社員で出勤していたので被害者はでなかった。それは幸いだけれど、このあとどうすればいいか頭が回らない。

頼れる両親は鬼籍で、実家は母が亡くなってからオレ一人では管理できないと手放した。おかげで貯蓄はたんまりあるし、財布とスマホは無事なので、当面のところ生活に困ることはない。宿泊はホテルでいいし、燃えてしまったものも買い直せばいい。

けれど、買い直せない思い出の品も一緒に燃えてしまった。

両親の形見やアルバムだ。オレが子供の頃はまだフィルムカメラが主流で、両親とオレが揃った写真のデータはない。デジカメになってからデータで保存していたものもあるが、クラウド保存はしていなかった。記録媒体は燃えてしまい、復元も不可能だ。

親戚に聞けば、昔の写真は手に入るかもしれない。だがそれは、法事などで集まったときの写真で、オレが求めるものとは違う。

ここ最近のものはスマホ撮影で、自動でクラウド保存していたが、成人してから母と撮った写真なんてほとんどない。癌が進行してからは、母が撮られるのを嫌がった。

お金はあるのだから、もっとセキュリティや防火対策のしっかりしたマンションに引っ越せと、何度も英二に諭されていたのに。面倒だし、会社から近くて便利で安いからと、言うことをきかなかった過去の自分が憎い。

「ああっ、もう……っ」

言葉にできない悔しさと悲しさが込み上げてきて、頭をかきむしる。

これから、やらないといけないことがたくさんある。新しい住居を見つけたり、明日も会社を休む連絡をしたり、とりあえず今夜の宿をどうしようかとか。

次々に思い浮かぶが、なにから手をつければいいかわからない。大家さんからもさっき、やるべき手続きについて教えられたが、耳を素通りして忘れてしまった。

そんなことより胸が苦しくて、その場にしゃがみ込みそうになった。

「おい、有馬。大丈夫か？」

がしっと腕を掴まれ引っぱられる。びっくりして振り仰ぐと、白衣姿の英二だった。

「え……なんでお前？　今日から実験じゃないの？」

「そんなのは後輩に任せてきた。別に俺がいなくてもなんとかなるからな。それよりお前だ」

よほど心配してくれたのか、英二の眉間の皺がとても深い。紙が挟めそうだ。それにしても、なぜ彼がここにと首を傾げる。

「忘れたのか。大家に渡した緊急連絡先に、俺の携帯番号を書いただろう。だから、こちらにも連絡がきたんだ」

そういえば、そうだった。入居に際して提出する書類に、緊急連絡先の欄があった。親がいないので、英二に連絡先を書いていいかと許可をもらったのだ。

「明日、警察と消防の現場検証があるらしい。立ち会ってほしいと大家から話があった。それから罹災証明書の申請も必要だから、明日も会社を休め。他にも保険金の請求とか、役所に申請すれば見舞金がもらえたはずだ」

「そうなのか……？」

「さっき調べたし、大家や消防の人にも話を聞いた。住むところも、仮住まいを自治体が融通してくれることもあるらしい。大家も、他の物件を紹介できると言っていた」

研究バカで社会常識に疎いと思っていたのに、オレよりしっかりしている。頼もしい幼馴染に、知らずにこわばっていた体から力が抜けた。

「とりあえず、今夜はうちにこい。客間が空いているから、落ち着くまで住んでもいいと、うちの両親も許可してくれた」

オレが呆然としている間に、情報収集して手配をしてくれていたようだ。

それから「こっちだ」と腕を引っ張られ、英二の車に乗せられた。途中、ショッピングモールに寄って、当面の服や下着を購入した。

久しぶりに訪れた幼馴染の実家は、昔のままの立派な日本家屋で、リフォームしたのか壁色が明るくなっていた。両親は長期旅行中とかで不在だった。英二の兄弟は結婚して独立しているので、広い家には二人きり。しばらくは気兼ねしないで生活できそうだった。

客間に買ったものを運び込み、子供の頃、よく並んで座っておやつを食べた縁側に腰かける。

ぼんやりと庭を眺めて出されたお茶を飲んでいると、席を外していた英二がなにか抱えて戻ってきた。

「さっきアルバムが燃えてなくなったって言ってただろう」

どさりと、縁側に積まれたのは表紙が立派で分厚いアルバムの数々。それと大きな四角い菓子缶だった。帰りがけにファミレスで昼食をとったとき、ふとこぼしたのを憶えていてくれたらしい。

「うちの両親とお前の両親、仲がよかっただろう。だから、うちのアルバムにもお前んとこと同じ写真があると思うんだ。それと、うちで撮影して保存していたものもある。ネガも残ってるから、焼き増しできる」

英二が蓋を開くと、菓子缶には大量のネガが入っていた。一番上のアルバムを手に取り、開いてみる。

「ああ……すごいな。オレとお前、ほとんど一緒に写ってるじゃん」

パラパラとめくっていく。

英二の家族写真の間に、子供のオレたちが笑いあい、じゃれあう写真がいくつも挟まっている。他にも、オレの両親が揃っている写真まであった。

胸の奥で固まった苦しさが熱を持ち、ゆっくりと溶けていく。

うちのアルバムにあったのと同じ写真。うちにはなかったけれど、オレと英二、それから両親の写ったもの。

「懐かしいな。これ、初めてキャンプにいったときだ」

「有馬がはしゃいで川に落ちて、おばさんに叱られてたな」

「お前は、せっかくのキャンプなのに本ばっか読んで、こんなとこきたくなかったって不満ばっか言ってたよな」

「そんなこともあったな」

英二が目元を緩ませ、別のアルバムを手にする。それにもオレたちの写真がたくさん保存されていた。

大学、高校、中学、小学校。積まれたアルバムの下にいくほど古くなる。最後のアルバムには、生まれたばかりのオレと英二の写真があった。

白いお包《くる》みに埋もれた二人が並んで寝ている。顔がくしゃくしゃで、どっちがどっちだかわからない。そういえばオレたちは誕生日も近かった。だからか、サイズも同じぐらいだ。

その次に、オレと英二の両親が大事そうにオレたちを抱いた写真があった。

溶けだした胸の塊が、あふれそうになって瞼をぎゅっと閉じる。

オレたちは、こんなに小さな頃から一緒だった。最初はただの幼馴染。両親が仲がよいだけの惰性の友達。距離ができても、気づいたら仲直りしている腐れ縁。大喧嘩してはお互いを理解していき、親友にまでなっていた。かけがえのない友。

一朝一夕でできあがった仲じゃない。そしてこの年月を、これからできるかもしれない配偶者だって越えられない。両親が亡くなっているオレにとっては、英二は誰よりも長く人生をともにしてきた相手でもある。

結婚できないオレたちが別れることがあるとしたら、その理由は一つだけ。

「なあ、英二……死がオレたちを別つまで友達でいてくれないか？」

言葉にしてから、結婚の誓いみたいだなと気づいた。またキモイって言われるかもしれない。だが、顔を上げた先で、英二は目尻に皺を集めてはにかんでいた。

「そうだな。お互いに長生きしよう」

「うん。お前が男でよかった」

「どういう意味だ？」

たちまち胡乱《うろん》な目つきになって眉間の皺を深くする英二に、ははっと笑い返す。

「やっぱ英二は嫁って柄じゃないなって気づいたんだ」

「当たり前だ。気持ち悪いことを言うな」

疲れたように英二が溜め息をついて、無意識に手をさ迷わせる。その手に、アルバムのためによけた湯呑を差し出してやった。

オレだって、これぐらいのことは阿吽の呼吸でできるのだ。

「ありがとう」

「どういたしまして」

オレたちは長年連れ添った友である。

タピオカとジップライン

杉背よい

窓の外にはキャベツ畑が見えた。仕事の合間に窓からの風景を見るだけで一馬《かずま》は癒された。「キャベツってこんな風に丸くなるのか」と、しみじみつぶやく。

牧山《まきやま》一馬は、三ヶ月ほど前に五階建てのこのマンションに引っ越してきた。きっかけは世の流れがリモートワーク推奨に変わったことだった。仕事はネット環境が整ったPC一台あればでき、会社の人ともチャットやメールのやり取り中心の生活が一年ほど続いたある日、一馬は引っ越しを思いついた。都心から電車で一時間半。田舎ではあるが、急な出社を促されてもかろうじて行ける立地である。独り身の一馬は思い立ってから行動に移すまでが早かった。程なく家賃も安く周囲も静かな生活を手に入れた。ただし、家の周辺が静かすぎるのは想像の範疇《はんちゅう》を超えていた。一番近いコンビニまで徒歩十五分。多少物の揃ったスーパーへはバスに乗らなければ行けない。買い物は週末のまとめ買いが中心になり、一日のうちで、スマートスピーカーぐらいとしか会話しない日々も続いた。自家用車が必要だとは聞いていたが、そろそろ本気で購入を考えなければならないだろう。この町は、予想以上の田舎だった。

一馬はあまりにも運動不足だからと、仕事終わりに市民センターに行くことにした。家からはゆっくり歩いて二十分。お世辞にも「図書館」とは呼べない小さな図書室が併設されていて、読書好きの一馬はそれだけでワクワクした。定時で上がればギリギリ開館中に行くことができる。「散歩にもなるしな」と数冊の本を借りた帰り道、一馬は通うことを決めた。本を抱えて歩く一馬を、ゆっくりと農作業用のトラクターが追い越していった。

小さな図書室の本は作家名の五十音順に並んでいる。この分だと目当ての本はすぐに読み終えてしまうかもしれない——そう思いながら本棚の間を移動していたある日、同じようにウロウロしている男性を見かけた。体格が良く、年齢は六十絡み。よく日に焼けていて目鼻立ちがハッキリしていた。同じ棚の通路で出くわした一馬は会釈してすれ違おうとした。その時「お兄ちゃん、あのさ」と男性が声をかけてきたのだ。

「この本、どこにあるかわかる？」

男性はメモを見せてきた。本のタイトルと著者名、そして感想までが書かれた読書ノートだった。一馬は思わずノートを覗き込んでしまった。そして、男性が指さした本がある棚まで案内した。探していた本は、簡単に見つかった。

「ありがとありがと。これさ、俺が書いたんじゃないんだ。亡くなったかみさんの」

男性は訊ねてもいないのに気さくに話しかけてきた。初対面の一馬はその人懐こさに気圧《けお》されて「そうなんですか」とやっと言葉を返した。人見知りするほうなのだ。

「ほんと助かったよ。ありがと」

あまりにも男性が嬉しそうなので、一馬は自分がとてつもない善行をしたような気持ちになった。

「本がお好きだったんですね」

一馬の言葉に、男性は嬉しそうに頷いた。

「そうなんだよ、お兄ちゃん！　俺はからきしなんだけど嫁は大の本好きでね。でも亡くなるまであんまりそんな話も改まってしなくてさ。亡くなった後このノートに気付いたんだわ」

男性は話し始めた。「あ、俺、里見幸次郎《さとみこうじろう》。何かちょっと、惜しい名前だろ」そう挨拶してから、ニッと笑った。

幸次郎は読書が趣味ではないが、病気で一年前に他界してしまった奥さんが読書好きだったので、ふと思い立って図書室にやってきたのだと言う。というのも、仕事を終えて奥さんの本棚をぼーっと見ていたら、ノートが挟まっているのを見つけたそうで、そのまま何気なくページを繰ると読書記録が書かれていたのだと教えてくれた。

「尚子《なおこ》が、ああこれ嫁の名前なんだけど、本読むだけじゃなくてこんな記録までつけてたのかぁって何かたまらない気持ちになってさ。本棚にある本とノートの感想文を一冊ずつ突き合わせていったんだわ」

「……そうですか」

幸次郎は亡くなった奥さんの足跡を辿るように、本棚の中を一冊ずつ確かめていったようだ。読書記録によると、本棚にない本はどうやら市民センターの図書室で借りたものらしい、とわかった。かつて奥さんが借りた本に何となく触れたくて、幸次郎は図書室にやってきたのだ、と明るい口調で話した。

「わかるような気がします」という言葉を一馬は飲み込んだ。そんなにあっさりとわかったようなことを言うのも失礼だと思ったのだ。

幸次郎は「本に挨拶できればそれでいいから」と言って、目当ての本を借りなかった。

「確かにこの本を読んだんだなってわかればそれで満足だ。土台、俺に一冊読み通すのは無理だしな」

幸次郎と一馬は市民センターの出口で別れた。幸次郎は何度も何度も一馬に手を振り、一馬は会釈して自分の家へ向けて歩き始めた。

「おーい、お兄ちゃん！　よかった。やっぱ会えたか」

一週間後、読み終えた本を携えて市民センターにやってきた一馬は、入り口で満面の笑みを浮かべた幸次郎に声をかけられた。

「あ、どうも……」

「これ、この前のお礼！」

そう言って幸次郎はビニール袋を手渡した。ずっしりと持ち重りするそれは、畑から抜いてきたばかりなのか泥の付いた二本の大根だった。しかも大きくて太い。

――一人で食べきれるかな。

一瞬そんな思いがよぎるも、幸次郎の好意が素直に嬉しかった。

「ありがとうございます……でも、お礼されるほどのことなんて」

「俺、農家だから大根いっぱいあんのよ。もらってやって。自分で言うのもなんだけどうまいよー！」

幸次郎は豪快に笑った。この日も幸次郎は亡くなった奥さんの借りた本に「挨拶」するためにやってきていた。こうして一馬は、幸次郎と定期的に顔を合わせる間柄になった。大家さんとも、よく買い物に行く店の店員さんとも違う。この町に来て初めての「知り合い」だった。

「お兄ちゃん、東京から来たの？」

幸次郎とは市民センターの図書室に入ってからお互いに本を選んで出てきて、出口で少し会話をして別れるようになった。

「そうですけど、その『お兄ちゃん』っていうのやめてもらえますか。もう四十五歳なんで」

「俺なんか六十だぞ。まだどう見てもお兄ちゃんじゃないか」

幸次郎は何故か胸を張った。

「けど若いね。三十代後半かと思った」。幸次郎は微妙な褒め方をしてくれた。一馬は「どうも」と曖昧に答えながら、自分では年相応だと言い聞かせているつもりだが、まだ若くありたいと思っている気持ちもあると気付かされた。幸次郎はその点、何と言うか裏表がなく、潔さを感じた。

「いいなあ、東京かあ。俺なんか生まれたのもこの町、死ぬのもたぶんこの町よ」

「はあ」と一馬は相槌を打った。「俺なんか」と言ってはいるが、幸次郎は自分を卑下しているようには聞こえなかった。どこか楽しそうである。

「会社行かないで、家で仕事できるんだろ？　すげぇよなぁ。俺は畑行かないと始まらないからさ。まぁ、もう生まれた時から母親は俺をおぶって畑仕事してたから、それが当たり前なんだけどさ。お兄ちゃんと違って、俺は農家に生まれたから家継いで、中学校時代の同級生だった尚子と結婚して、二人で畑やって。一人娘は結婚して出てって、妻に先立たれた。本で言うなら、これで俺の人生のあらすじは、おしまい」

「いやあ……」と一馬は言い淀んだ。自分とは真逆の人生であり、スピード感もまったく違うと思ったのだ。一馬は独身、子供もいないし、仕事も、家業などがないので自由に選んで決めた。

一馬は東京で育った。子供の頃の夢は学校の先生。成長するにつれて読書好きになり、自分でも小説を書いてみたくなった。大学生から小説の執筆に本腰を入れ、数年後に文学賞を受賞できたのだが、二作目を書くことができず、そのまま小説を書かなくなってしまった。当時、小説の執筆を応援してくれていた恋人とも気まずくなり、彼女は他の男性と結婚してしまった。将来に夢も希望もない、ただ自分一人が淡々とマイペースに暮らせればいいと思っている。それが一馬の「人生のあらすじ」だった。

「だけど尚子がこんなに早く死んじまうとは思わなかったなぁ。ほんとなら、どっか二人で、ほら日本中を回るとかさ、したかったんだけどしょうがねえや」

カラッとした幸次郎の口調が余計にずっしり来た。一馬も自分のこれまでをかいつまんで説明した後、「小説を書いていたんだけど挫折しました」と伝えた。一馬は幸次郎ほどさっぱり言い切ることができず、自嘲的な響きが残ってしまった。しかし、幸次郎は大興奮していた。

「すげぇじゃん。小説を書く奴なんて初めて見た」

「僕も大根を作っている人を初めて見ました」

「尚子が生きてたら喜んだだろうなぁ」

「本も出版されてませんから、僕のことは知らないと思いますけど」

だが幸次郎は「すげえよ、いや気に入った」と一馬の肩をバシバシ叩いた。

自分とは正反対で、あまり会話も嚙み合わないと思ったが、幸次郎は一馬を良く思ってくれたようだ。面と向かって「気に入った」などと言われるのは、少しこそばゆい。

一馬は幸次郎にもらった大根をぶり大根にしたり、鶏手羽と一緒に煮たり、サラダや大根おろし、みぞれ鍋にして食べた。しばらく大根三昧の日々が続いたが、瑞々《みずみず》しくて美味しかった。こんなに立派な大根を育てるのはさぞかし大変だろうと箸を進めながら思った。汗だくになって大根を引き抜いている幸次郎を想像した。


「お兄ちゃん、突然であれだけどさ。これから飯行かない？」

ある日の市民センターの帰り、幸次郎から唐突に食事に誘われた。「何か用事とかある？彼女が作って待っててくれるとか」という幸次郎の言葉を「ありません。彼女もいませんし」と一馬は即座に遮った。幸次郎はニヤニヤしている。

幸次郎について行くと「まるい食堂」という民家をそのまま店にしたような家庭的な食堂に連れて行かれた。「ここ、ソースカツ丼がうまいんだ」と言いながら幸次郎はさっさと二つ注文し、「いける?」と手で酒を呷《あお》るジェスチャーをした。

「少しなら」と一馬が言うが早いか、すぐに瓶ビールとコップが運ばれてきた。取りあえず乾杯をした後、湯気を立てた大ぶりなソースカツ丼が目の前に供された。カツは軟らかく、ソースの甘辛さが絶妙だ。

「俺さあ、思うんだけど」とカツ丼の箸を置き、幸次郎が切り出した。

「いつかやってみたいことってあるじゃん。あれさ、気付いたんだよな。いつかやれると思ってるうちに死んじゃうんだって。尚子が亡くなった時にそう思った」

しんみり語る幸次郎に、一馬も食べる手を止めて頷いた。幸次郎は続けた。

「それで一人になってから、いろいろやってみたんだ。シーカヤックとかジップラインとか料理教室とか。飲んだことなかったタピオカも飲みに行ってみた。結構うまかったな」

一馬はジップラインをしたり、タピオカ屋の列に並んでいる幸次郎を思い浮かべた。

「でも一番やりたかったのは『誰か人の役に立ってから死にたいな』ってことだったんだよ」

「え」と一馬は声を上げた。ほのぼのした話から一転、深い話になったことに驚いた。

「柄にもないだろ。これ、俺の考えじゃなくて尚子の受け売り。いつもそう言ってたんだ。そのときはピンと来なかったんだけどさ、今は納得だよなって」

幸次郎は笑ってコップのビールを飲み干したが、一馬は言葉を失った。

——いつかやれると思っているうちに死んでしまう。

その通りだと、幸次郎の言葉を反芻している一馬の横顔を幸次郎はじっと見つめていた。

「だから手伝ってよ、お兄ちゃんも」

「へっ？」

「年寄りを助けると思ってさ」

都合のいい時だけ年寄りぶる。冷えてしまったカツ丼をかき込む幸次郎は、まだ十分若々しかった。強引だが何となく憎めない——そんな幸次郎に一馬は「ここのソースカツ丼確かにうまいですね」と言った。「だろ？」と幸次郎は嬉しそうに笑った。


数日後の早朝。一馬と幸次郎は小学生が登校する通学路に立っていた。交通整理の旗も持たず、特に何もしない二人を見て、小学生たちが不審そうな視線を向ける。

「本当にこれが人の役に立つことなんですかねぇ」

一馬が不満を漏らすと、「当たり前だろ。将来を担う子供たちの安全を見守ってんだ」と幸次郎は自信満々に答える。何人かの子供たちが一馬を見てヒソヒソ指さしていたが、気にせずそっぽを向いた。幸次郎はまた鉄のメンタルで「気をつけてな」と声をかけて子供たちを怯《おび》えさせた。

「本当にこれが……」一馬が言いかけたところで、幸次郎は声を荒らげた。

「うるさい！　放課後もやるぞ、見守りを」

「ええ～」

かくして、再び下校時間に一馬と幸次郎は集合した。一馬は早朝の見守りから帰ってきてすぐ仕事を始めたので早く終業することができた。幸次郎もまた、仕事の終わりは早い。夕方前には農作業を終えたと自慢げに話していた。

「それじゃあ始めるか」

下校が始まった子供たちの列に近付こうとした一馬は、「すみません」とふいに声をかけられた。見ると警察官が「少しお話を伺えますか」と笑顔に何とも言えない圧を加えて立っていた。

「え？　お巡りさん？　なんで……」

混乱する幸次郎に警察官は説明した。今朝、登校時に挙動不審な男性二人組が声をかけてきた。だから子供たちには下校時に注意するように学校側が呼びかけた。通報があったので小学校に近い派出所の自分が見張りに立っていて、二人に今声をかけている。

「……というわけで、身分証明書をお見せいただけますか？」

不審者と間違われた一馬と幸次郎は、それぞれ運転免許証を見せ、「子供たちの役に立てたらと思って」としどろもどろに説明し、ようやく解放されたのだった。

幸次郎はとぼとぼ歩いていた。一馬もまた、肩を落として歩いていた。現在小学生はＰＴＡの役員たちが持ち回りで見守りをしており、子供たちにとって見覚えのない第三者が勝手に見守りをしても警戒されるだけなのだとわかった。

「俺もその昔はＰＴＡ役員とかやってよ、この辺の顔だと思ってたんだけど、まぁ娘もいい歳だし子供たちは俺なんか知らないわな。あのお巡りさんだって相当若かったし」

「逆効果になるとは思わなかったですね」

幸次郎は「ごめんなお兄ちゃん」と申し訳なさそうに言った。一馬は何と返すか逡《しゅん》巡《じゅん》したのち、「いいことをするのも案外難しいですね」と答えた。「だな」と幸次郎に笑顔が戻り、「でも何だかワクワクしなかったか？　ケーサツに声をかけられるなんてさ」と無邪気に興奮しているので、一馬はホッとしながらも呆れた。

「職質されたのは初めてですよ。東京でもされなかったのに」

「やったな！　この歳で経験増やしたな」

ニッと笑った幸次郎の前向きさに感心しつつ、一馬たちはひとまずそれぞれ帰ることにした。だが、その道すがら一馬はふと違和感を覚えて立ち止まった。

「何、どした？」

一馬は近付いて合点がいった。子供たちの通学路沿いにある小さな川の、橋の手摺《てすり》が一部破損しているのだ。強く寄りかかれば崩れてしまいそうだ。

「これ、危ないんじゃないですかね」

「本当だ。暗くなってきたらなおさら危険だな」

幸次郎は「俺んちすぐそこだから」と走り去ると、しばらくして軽トラに板切れや大工道具をのせて戻ってきた。

「簡単にだけど補強しとこう」

そう言って、幸次郎はあっという間に手摺の補強をした。感心している一馬に、「ビニールハウスが風で飛んだり物置が壊れたり、農家も何かと修理することがあんの」と照れくさそうに言った。「いや、すごい……です」一馬は幸次郎の行動力に感服していた。

「あとは知り合いの大工に頼んでちゃんと仕事してもらうか」

そう言って、一馬と幸次郎は別れた。妙な一日だった。と、一人になってから一馬は笑ってしまった。物凄く早起きして通学路と家を行き来し、職務質問された。こんな一日はそうそうない気がした。幸次郎のおかげだ。良くも悪くも。

さらに数日後。市民センターで顔を合わせた一馬と幸次郎は川の様子を確かめていた。

「おお、山《やま》ちゃん綺麗に直してくれたな。仕事が速いんだ、あいつ」

応急処置だった手摺はきちんと補修されていた。幸次郎と一馬は「これで完璧だ」「プロの仕事ですね」と補修箇所を触って感心していた。

「あの、橋を直してくれたのっておじさんたち？」

突然甲高い声がして一馬が振り向くと、小学生の男の子が立っていた。まだ低学年だろうと思われるが、しっかりした口調で言った。

「え、えーと」

一馬と幸次郎は顔を見合わせた。また不審者扱いされても困るし、勝手にやって怒られる可能性もある。戸惑っていると男の子が続けた。

「僕、修理をしてくれた人を探してるんだ。恩人だから」

「恩人？」と一馬も幸次郎も同時に驚きの声を上げる。男の子は深く頷いた。

男の子は昨日帰り道に遊んでいて川の付近で足を滑らせてしまったのだ、と二人に説明してくれた。

「僕、危うく川に落ちちゃうところだったから助かったよ」

男の子はそう言って笑った。一馬も幸次郎も、黙ったまま男の子の顔を見つめていた。

「そうか。怪我がなくてよかったな」幸次郎は無理に真面目《まじめ》な顔を作ろうとしていた。

一馬と幸次郎は、そのまま居酒屋で乾杯した。幸次郎はビールをジョッキで三分の一ほど一息に飲んだ。つられて一馬もグラスビールを同じぐらい飲んだ。

「やったな〜。俺たち、やったな〜」

幸次郎がしみじみつぶやき、一馬も思わず「やりましたねぇ」と言ってしまった。

「な？　やっぱり人の役に立つっていいもんだろ」

幸次郎の得意そうな顔を見て、嫌々付き合っていたはずの一馬もしんみりする。

「でも、最後の望み叶えちゃいましたね」

「いや、これからだと思うよ、俺は」

幸次郎は豪快に笑って再びジョッキに口を付けた。美味しそうにビールを飲む。

「やっぱこれで最後、悔いはないなんて簡単に思えないもんだね。特にあんたはこれからもっともっとやりたいこと叶えられるはずなんだよ」

「え……」

不意を突かれて一馬は手を止める。幸次郎は酔っているのか、上機嫌で笑っていた。思えば出会ってからずっと幸次郎は上機嫌で、いつも笑っていた。一馬はいつの間にか幸次郎に引きずり回され、滅多に浮かべなかった笑みも浮かべるようになっていた。すべては目の前の、この年上の友達のおかげ――そう気付いて温かい気持ちになる。

「逆にさ、これが始まりなんじゃないかな。これからどどっといいことが起こる！」

幸次郎は言いながらポケットからスマホを取り出す。「スマホ持ってたんですか」と思わず一馬がツッコむと、「なめんなよ、おっさんを」と幸次郎は睨むふりをした。

「始まりにかんぱーい！」

幸次郎は覚束《おぼつか》ない手つきでスマホのカメラを起動しようとする。片手でスマホを自分たちに向けようと頑張っている。

「何してんですか」

「記念撮影よ。自撮り」

なかなかセットできずにいると、突然スマホから、「お誕生日おめでとう」と女性の声が聞こえてきた。「は？」と幸次郎も一馬も思わずスマホを覗き込む。

スマホの扱いに不慣れな幸次郎は何故か動画を再生してしまったようだ。

流れてきたのは、幸次郎の誕生日の動画らしく、生前の奥さんが笑顔でケーキを運んでくる場面だった。「おめでとう～！」と奥さんはスマホ画面に向かって手を振る。幸せそうな笑い声が聞こえ、スマホを見つめていた一馬は不意に泣いてしまった。「うわ」と声を上げる。まさか自分が泣くなんて、一馬は混乱しながらも涙を止められなかった。

「……なんだよ、あんたが泣くことないだろ」

「泣いてないですよ」

一馬は慌てて涙を拭う。本当にやりたかったことは幸次郎と同じなのかもしれない。誰かに喜んでほしい。役に立ってから死にたい。取り繕おうとしている一馬に、幸次郎が真面目な口調で言う。「あんたの小説、読んでみたいよ」

「え、小説は読まなかったんじゃないですか？」

「あんたのなら読もうって気持ちだよ」

一馬は「考えておきます」と短く言った。幸次郎はそんな一馬に構わずお替わりのビールを注文すると、美味しそうに飲み干した。別れ際、幸次郎が手を差し出してきた。「これからもよろしく」。一馬は反射的にその手を取った。分厚くて、大きな手だった。

それからマンションに戻った一馬は、本当に久しぶりにワープロソフトを立ち上げた。少し考えて文字を打つ。指先から興奮が伝わってきた。この感じ、忘れていたなと一馬はつぶやいた。ここからまた始まる。新たな人生のあらすじを一馬は綴り始めた。

サリバン先生とひきこもり

浜野稚子

有料老人ホーム『なごみの家』は洗剤と消毒液の匂いがする。食事や排せつ、いわゆる生活臭のすべてを抑え込む強引な清潔の匂いだ。就労体験三日目の及部連《およべれん》は、この取り繕った衛生的な空気に馴染《なじ》めずにいた。マスクの中で繰り返すのはため息交じりの口呼吸だ。

朝食を終えた入居者たちはリビングでテレビをみたり談笑したりしてそれぞれくつろいでいる。彼らの動きは緩慢《かんまん》で、時間の流れまで滞っているように思えた。事故が起きないように老人たちを見守る仕事。物覚えが悪くて不器用な連にもできる簡単な業務——とはいえ退屈だ。

ああ、もう帰りたい。ベッドに寝転がってゲームがしたい。

壁の時計に目を移すと、九時にタイムカードを押してからまだ二十五分しか過ぎていなかった。夕方五時の終業時間は果てしなく遠く感じた。

「お兄ちゃん、いくつ？」

不意に声をかけられて目を見開く。腰の曲がった老女が連の顔を覗いていた。

「え……あ……は、二十歳……」

「ふうん。私もね、二十歳は過ぎたと思うけど……いくつだったかな」

あんたはどう見ても優に八十は越えてるよ。連は心の内で応答して無表情に老女を見下ろす。彼女が認知症だと理解できる。けれど、どう対応すればいいのかわからなかった。考えあぐねて白く濁った瞳から目を逸らすと唐突に手を掴まれた。

うわっ。

枯れ枝のような筋張った手を振り払ったのは反射だった。

老女はよろけて椅子にへたり込んだ。

「痛い、痛い、痛い、お兄ちゃんが乱暴にした」

ヒステリックな声が響き、女性副所長をはじめ、職員たちが何事かと駆け付けてくる。老女が連を指さし、彼女を抱き起こした職員の咎めるような視線に射られた。しまったと思うと同時に苛立ちが湧き上がった。いきなり触る方が悪いだろう。

やっぱりこんな仕事嫌だ、もう辞めてやる。

連がスタッフエプロンを脱ぎ捨てようとした時、

「そりゃあ急に掴まれれば誰でもビックリするわ。その子は悪くない」

テーブルを挟んだ向かい側から連を擁護する声が上がった。白髪のお団子頭、仏頂面がデフォルトの安藤幸子《あんどうさちこ》だ。幸子は平たんな口調で言葉を継ぐ。

「でも転ばせたことは謝らないといけない。わざとではなくても」

ピンと背筋を伸ばして車いすに座り、裁判官のように連を見据えている。連は幸子の視線から逃れるようにして首を竦めた。唇の先をごにょごにょと動かして謝罪の言葉を述べる。謝るのは苦手だ。しかし多くの人の目に責められるこの重い雰囲気からは早く解放されたかった。副所長はおとなしく引き下がった連に安心した様子で眉を開いた。

「これからはもう少し周りに気を配って動くようにしてね。お年寄りはちょっとしたことで怪我をしてしまうから」

幸子も自宅の階段を踏み外して足を骨折し、入居したのはついひと月前だと聞いた。記憶障害が見られるもののそれまではひとりで生活できていたらしい。

副所長は集まっていた職員たちに持ち場へ戻るよう促し、連と幸子に向き直った。

「なんだか安藤さんと及部君って先生と生徒みたいね。いいコンビになれそう」

何がコンビだ。勝手に一対にまとめられるのは不快だった。への字に口をつぐむ連を幸子は相変わらずニコリともしないで見つめていた。

「及部君？　……ああ、この人の名前？　……及部君」

幸子は膝に載せた分厚い手帳からボールペンを引き抜き、自分の左手の甲に『わかいしょくいんおよべ』とひらがなで書きつけた。幸子の手にはそれ以外にも新旧いくつものボールペンの字が見られた。脳に記憶できない代わりに肌に記録しているらしい。皮膚に字が書きにくいことを差し引いても読みにくい字だ。書写の手本のように整っていた昔の幸子の字とは違う。

　連は実際に幸子の教え子だった。といっても世話になったのは彼女が現役の教師だった時ではなく定年退職後だ。ゲーム依存で不登校だった中学三年生の連の下に幸子が家庭教師としてやってきた。ここで再会したのは偶然だった。五年ぶりに顔を合わせ、連は胸にひりつくような痛みを感じた。幸子が連を覚えていなくて心底ほっとしていた。

「さあ安藤さん、中庭へお散歩に行きましょうか」

　副所長が車いすのハンドルに手をかけると、幸子は難しい顔をして首を横に振った。

「もう家に帰らせてちょうだい」

「そんなこと言わないで。安藤さんのお話もっと聞かせてくださいよ」

「ここは……私のいるべきところじゃない。私はまだ自分で何でもできるのよ」

　認知症にもいろいろな段階と症状があるのだろうが、確かに幸子は他の入居者に比べてかくしゃくとしていた。襟付きのブラウスを乱れなく着ているし、言葉もはっきりしている。素人目には認知症を患っているようには見えなかった。

「でも今は歩けないでしょう？　――じゃあ、安藤さんがお好きなヘレン・ケラーとサリバン先生のお話を及部君にしてあげるのはどうですか？　ね？　及部君、安藤さんと一緒に中庭に行ってお話しししていらっしゃい。外は気持ちがいいわよ」

副所長は名案を思いついたというように声を高くした。役立たずの就労体験者に頑固なばあさんを押し付けるきっかけを見つけたというところか。

仕方なく幸子の車いすを押して中庭へ出た。初夏の澄んだ空の下に緑の芝生が敷き詰められた洋風な作りの中庭。水瓶を担いだ白い天使の置物が日差しを受けて輝いて見える。花壇のハーブが爽やかな香りを醸して、なるほど深呼吸したいような気分になる。

ラタンの椅子とテーブルが置かれた東屋《あずまや》に車いすを止めた。幸子は頬を撫でる風に満足そうに目を細めている。散歩を渋っていたことはもう忘れたようだ。

「サリバン先生がヘレンに水というものを教えたのも庭だった。井戸の水に触れるのを怖がって暴れるヘレンを抱えて、辛抱強くウォーターという単語を伝えたの」

幸子のサリバン先生の話は中学生の頃にも何度となく聞いた。幸子は幼い頃に読んだヘレン・ケラーの本で、献身的なサリバン先生の姿に感動して教師になったという。

「だけど私は理想の先生にはなれなかっただろうね。愛想無しで子供に好かれなかったと思うから」

「……全く、覚えてないの？」

「断片的には覚えているよ。教壇からの景色とか、チョークの感触……でも人の顔や名前は出てこない。先生なんて向いてなかったんじゃないかね」

抑揚のない静かな声は五年前と変わらない。けれど自分の過去を推測するような物言いで、幸子の内側に起きている変化に改めて気づかされる。長く勤めた教員時代の記憶が曖昧になっているということは、その後に短期間家庭教師をしたことなどすっかり失われているかもしれない。

幸子は今の連を見てあの頃の連を思い出したりしないのだろうか。

連が学校に行かなくなったのは、中学入学後すぐに人間関係と勉学の両方に躓いたからだ。何もかもうまくいかない憂鬱《ゆううつ》な気分をコンピューターゲームだけが忘れさせてくれた。両親が止めるのも聞かず、食事や寝る間を惜しんでゲームに没頭した。

学校から進路調査票が届いたのは二年生の冬だ。高校受験が一年後に迫っていた。連の行く末を案じた両親は、病院や児童相談所など頼れそうなところを探して駆けずり回った。そのうちのひとつが家庭教師の派遣会社だ。

最初の家庭教師は大学生だった。「僕もゲーム好きだよ」と気さくに接して連の興味を引こうとした。だが頑なにゲームから離れない連に愛想をつかして二週間で辞めてしまった。二人目は有名な塾で講師経験があるというおじさんだ。自信に満ちた偉そうな態度が耐えられなくて断った。その後三人ほど入れ代わったが、連にやる気を起こさせる家庭教師はいなかった。ゲームの呪縛は簡単には解けない。

家庭教師に対する両親の期待はすっかり薄れていた。そこに訪れてきたのが、見るからに気難しそうなおばさん——連にはその頃からおばあさんに見えた——幸子だった。

家庭教師初日に自己紹介をした時も幸子はサリバン先生の話をしていたように思う。

幸子はゲームをしている連の隣で平然と英語の教科書を開いて授業を始めた。連の機嫌を伺うようなことは一切しない。それまでの家庭教師にない強引さで、連に問題を解くように言った。サリバン先生が嫌がるヘレン・ケラーの手を取って水に触れさせた場面を思い描いていたのかもしれない。

「さあ、一度ゲームを横へ置いてごらん」

ある時幸子が連のコントローラーを取り上げようとした。抵抗して乱暴に振り上げた連の拳が勢いよく幸子の顎にぶつかった。次の瞬間、幸子は白目をむいて崩れ落ちた。怖かった。故意ではないとはいえ人を殴ってしまったことに、無感情だった連の心がグラグラと揺れた。相手は年寄りだ。死んだらどうしよう。

「……先生、先生、起きて」

震える声で初めて幸子に呼びかけた。

幸い幸子はすぐに意識を取り戻し、平謝りする連の両親に「お気になさらず」と言い置いて帰っていった。そして次の訪問日には何事もなかったかのように顔を見せた。幸子の顎にはしばらく内出血の跡が残っていた。

以来連は幸子の授業中だけはゲームを我慢するようになった。幸子より連の方が体は大きいし力もある。また揉み合いになれば怪我をさせるようなことになりかねない。もうあんな肝が冷える思いはしたくなかった。

クソが付くほど真面目《まじめ》な幸子だが、左右違う靴を履いてきたり、問題集の同じページばかりをコピーした冊子を作るなど意外に抜けた面も見せた。そんな時も照れ笑いのひとつもしない。そうなるとこちらが茶々を入れるわけにもいかず、連は腹の中で笑いながら見て見ぬふりをしてやり過ごした。

堅物の幸子とひきこもりの連の間には、サリバン先生とヘレン・ケラーのような熱い絆が生まれるようなことはなく淡々と時が過ぎた。

秋になると幸子は連が受験できそうな学校の案内を取り寄せた。学校に通うと思うと緊張するが、目標が見えると気持ちは上がる。授業のない日にも幸子が自主的に連の勉強を見に来るようになって、ゲーム時間は格段に減っていた。連は模擬テストの解答用紙を少しずつ埋められるようになっていった。

両親は連の社会復帰の兆しを喜んだ。両親に礼を言われる度に幸子は片方の頬を微妙に引き上げて不器用な笑顔を見せた。

そんな幸子が訪問時間を度々間違えるようになって、とうとう無断欠勤した。連の受験が目前に迫った一月のことだ。電話をしてもつながらない。両親が派遣会社に連絡すると、数日後に別の家庭教師が送り込まれた。幸子の降板の理由は知らされなかった。

幸子に裏切られたという思いが連のモチベーションを一気に低下させた。信頼した分恨みは深い。再びゲームに没頭することで幸子に仕返しをするような気になった。


五年ぶりに会った幸子は連のことを忘れていた。拍子抜けして、さすがに腹にためていた怒りをぶつけるようなことはできなかった。

「今日は何月何日かしら」

東屋のテーブルの上で幸子が黒い手帳を開く。予定を書き込むというより起きたことを書き込む日記のようなものらしい。表紙に『Ten Years Diary』というタイトルが入っていた。十年日記だ。幸子は連が教えた日付をたどたどしい筆遣いで書き込み、

「ええと、ごめんなさい、あなたは誰だっけ？　名前、何だった？」

と聞いてきた。

「俺は……そこに書いてある、それ」

幸子の手の甲を指さす。さっき幸子が記したばかりの連の情報だ。

『わかいしょくいんおよべ』

幸子は自分で書き残したこと自体忘れていた。「ああ、これがあなたのことね」と同じ文言を手帳にも記載して、『いっしょにサンポ』と続けて書いた。

「そうやって書いておけば……思い出すってこと？」

連はガーデンチェアに座って車いすの幸子に並んだ。

「いいえ。思い出せないことが多いわね」

「だったら書いておく必要ある？」

「それでも書き込む時は忘れたくないと思うの。読み返した時には覚えてなくて、誰か別の人が書いたものみたいに感じるけど。その感覚がちょっと面白い」

幸子はちっとも面白くなさそうな顔で言う。

「面白い？　……悲しくない？」

「そうだね、以前は、悲しいとか不安だとか、怖いという言葉をよく書いてた。今は、悲しいと思う気持ちもすぐに忘れてしまうから」

以前、と聞いて連は手帳の過去のページが気になった。幸子はいつから日記をつけているのだろう。

「その手帳、見ていい？」

幸子は何も言わず連の方に手帳を滑らせた。

最初のページには昔の幸子の達筆な文字が躍っていた。『今日定年退職した』で始まっている。ということは五年半ほど前に新生活を始める記念につけ始めたということか。

日記を書き始めて二日目、家庭教師の派遣会社に登録をしたという記述があった。次の日から生徒との出会いを心待ちにしている様子が続く。しかし小中学生には大学生の若い家庭教師が人気らしい。なかなか幸子にマッチする生徒が見つからなかったようだ。

『せめてもっとにこやかに笑ったプロフィール写真を送ればよかっただろうか』

渋面で悩んでいる様子が浮かぶ一文を見つけ、連は笑いそうになった。幸子のにこやかな顔など見たことがない。

日記が始まってひと月半が経過した頃、ゴールデンウィークが明けた時期にようやく幸子の派遣先が決まった。

『ゲーム依存の中学三年生の男の子。四か月で五人も家庭教師が代わったそうだ。難しそうだがやりがいもありそう。最寄りの駅から徒歩二十分で少し遠いけれど頑張ろう』

連のことだ。

「……家庭教師をしたこの中学生のことも覚えてない？」

盗み見るように幸子の顔を窺う。幸子は日記に目をやり、首を傾げた。

『派遣先を初訪問。聞いていた通り連君はずっとゲームばかりしている。ゲームを離すようにと注意してもやめない。説得する時間がもったいない。高校受験させてあげたいから、少し強引に授業を始めていくことにする』

『今日は失敗した。無理やりゲームを取り上げようとして連君を興奮させてしまった。連君の手が顔に当たって私は気を失った。ご両親にも心配させて申し訳ない』

あの日のことも書いてあった。白目をむいて倒れた幸子の顔が脳裏に蘇る。

『先週のことがあったから心配だったが、今日は連君が授業中ゲームをやめてくれた。きっと私が気を失ったから気を使ったのだろう。連君は優しい子だ。もっとたくさん褒めてあげればよかった。私はそういうことが本当に下手で嫌になる』

優しいという言葉に居心地が悪くなった。けしてそんなことはない。

『動詞の活用と単語の小テストをした。連君は暗記が苦手で点数が伸びない。教える方も粘りが必要だ。アン・サリバンのように』

『私みたいなおばあちゃん先生では中学生と冗談を言い合って和気あいあいとはいかない。連君はつまらないのではないか。どうしたら仲良くなれるだろう。ヘレンとサリバン先生のような信頼関係を築くのは簡単ではない』

日記の中にもサリバン先生の名前が度々出てきた。憧れの存在に近付けるように幸子が健闘しているのがよくわかる。それなのに急に家庭教師を辞めたのはなぜなのだろう。

連はページを繰る手を速めた。

『今日は左右違う靴を履いて出掛けてしまった。歩きづらいのに自分で気づかなかった。電車で人の目が気になったのはそのせいだ。こんな失敗をするなんて、どうしようもなく恥ずかしい』

幸子は自分のドジを笑えないほど動揺していたらしい。

年が明けて最初の授業の日には道に迷ったようだ。

『一週間休んだだけなのに連君の家へ行く道を間違えてしまった。なんだか景色が変わって見えた。ぐるぐると周辺を歩いてたどり着いた。遅刻をしてしまい申し訳なかった』

『疲れているのだろうか、このところ少しおかしい。以前から物忘れはちょこちょこしているけれど、今日は授業中に同じところを何度も説明していると連君に指摘された。なんだか不安だ』

連はハッと息をのんだ。

もしかして、もうあの頃から幸子の認知症が始まっていたということか。

幸子が無断欠勤したあの日の日記はこうだ。

『私は一体どうしてしまったのだろう。連君のところに行かなければいけないのに。どの駅で降りたらいいのかわからなくなった。悔しくてホームで泣いて、結局帰ってきてしまった。電話をしなければいけない。行けないと伝えなければ。どうしよう電話番号がわからない』

幸子の焦りが乱れた文字から伝わってきた。電話番号なんて携帯に登録してあっただろうに、そんなことも思い出せなかったのだろうか。

無断欠勤の翌日に幸子は病院へ行っていた。

『認知症と聞いて、頭の中でゴーンと鐘が鳴ったような気がした。怖い。私はこれからどうなってしまうのか』

病院の診断が出た後すぐに家庭教師の派遣会社との契約を解除したと記載されていた。この状態では先生という立場を続けられないと自分で判断したようだ。

『連君が高校生になるところまで見届けたかった。悲しい。でも私がこうなってしまっては迷惑がかかるだろう。あの子はきっとできる。少し気が弱くてゲームに逃げてしまっただけだ。この先社会に出てゲームより楽しいことに出会えば、必ず良い人生が送れる。あの子は優しくてとてもいい子。私の定年後に意味を持たせてくれたヘレンだ』

手帳に落ちた雫の跡に触れると、連の視界もぼやけた。

「あなたどうしたの？」

幸子は日記の方へ身を乗り出し、連の顔を下から見上げる。

「あなたは、……安藤先生は、家庭教師をしてたこと、……全部忘れたの？」

連は両手で顔を覆って隠し、幸子に問うた。

「私が家庭教師を？　……ああ、それで。駅からたくさん歩いて生徒に会いに行ったのは覚えてる。男の子だった。あの子はもう大人になっているのかしら？」

年齢だけは一応大人になったことはなった。連はコクリと首肯する。

「そう。よかった。きっと立派になっているでしょうね」

何の根拠もないのに、幸子はそう言って妙に力強く頷いた。

よくない。いいわけがない。

吐きそうな気分だった。頭を抱え、ぐしゃぐしゃと髪をかき乱した。

「ダメだよ。そいつは結局受験もせずにひきこもって、高校に行かなかったんだ」

「……あら、そう。それは……残念だね……」

「先生が来なくなってから五年以上ゲームばっかりしてた。ゲーム機が壊れるまでずっと。ゲーム機が壊れて……新しいゲーム機を買わなきゃいけなくなったから、仕方なく働こうとしてるけど、何しても全然ダメで――。先生のせいだ。先生が来なくなって、不安で、そのせいで何もできなかったんだ」

ただの逆恨みだった。けれど、そうでも言わなければ情けなくてやりきれなかった。

誰かのせいにしなければ、無駄にした時間への後悔に押しつぶされそうだった。

なぜゲームをやめられなかったのだろう。なぜ受験から逃げたのだろう。幸子が連のところに来なくなった理由を知っていたら、連の人生は違っていただろうか。

テーブルに突っ伏すと、赤ん坊をあやすような手つきでトントンと背中を叩かれた。

「その子、名前なんだったっけ？　……ええと、そうそう、ここに書いてあるわね、――連君か。連君が私のせいで辛い思いをしているなら伝えてあげて。私のことを恨むのに時間を使っちゃダメだって。私は覚えていられないから。どんなに連君が怒っても、私は忘れちゃうの。こんにゃくみたいな人を相手に怒っていたら、時間がもったいないでしょう？」。ふうっと大きくひと息吐いた後、「ごめんなさいね。こんなおばあちゃんを頼りにしてくれていたなら、本当に申し訳ないね。サリバン先生なら最後まで支えてあげたでしょうに。こんな時は、そうだねえ、悲しいねえ。でもね、……私はこの気持ちすらじきに忘れてケロッとしてしまうから、どうか、その子にも私を忘れるように言ってちょうだい」

背中を叩いていた手が今度はゆっくりさすってくれる。肩甲骨のあたりがジワリと温かくなった。

ああ。そうか。連は無自覚のうちにこの人を深く慕って甘えていたのだと悟った。忘れろと言われて忘れられるものではないということも。

ひきこもり支援センターに登録してからいくつかの就労体験をした。長く人とコミュニケーションをとっていなかったのと元来の物覚えの悪さでどの仕事も続かなかった。

ここで幸子にまた巡り会ったのは偶然ではないかもしれない。立ち直りたいと思う連を導くために彼女は現れたのではないのか。

「先生、俺ここで働こうかな。だからまたサリバン先生の話聞かせてよ」

「嫌だねえ、私はまだここにお世話になるほど衰えてないのよ」

幸子は眉間に皺を寄せてプイと横を向いてしまった。連は日記を閉じて幸子の前に戻した。今後しばらくこの日記をつけるのを手伝おうと思う。幸子が連の勉強を助けてくれていたように。

連の家庭教師をしていた頃の彼女が残していた言葉、

『ヘレン・ケラーとサリバン先生は互いに奇跡の人だった。お互いがお互いの人生を輝かせた。ふたりが出会ったことに意味があったのだ。私と連君もそうなれたら素晴らしい』

それを信じて。

こいつは相棒

猫屋ちゃき

「それ、自分もついていかせてもらっていいですか？」

ホワイトボードにこれからの予定を書き込んだ途端、そう背後から声をかけられた。

振り向かなくてもわかる。俺に声をかけてきたのは、後輩社員の田沢慎《たざわしん》だ。

振り返るとそこにいたのはやっぱり田沢で、散歩を期待する柴犬みたいな目でこちらを見ていた。こいつに尻尾が生えていたら、きっと今ブンブン振っていることだろう。

「ついてくるって……ついてきて、何するんだ？」

「勉強させてもらいます！　真野《まの》さんがどんなことに注意して催事を見てくるのか、ぜひ知りたいと思って」

俺が向かおうとしていたのは、デパートの催事場だ。今日から九州《きゅうしゅう》の物産展をやることになっている。

俺はちょうど今、九州のとある店を口説き落としたいと考えているため、デパートで九州の名産品がどのように展開されているのか、視察に行くつもりだった。

朝のうちから様々な連絡や打ち合わせを片付けて、昼休みもあわせてようやく抜け出して見て来られるだろうかと考えていたのだ。

それなのに、後輩の面倒を見なければいけないのかと、少しうんざりしてしまう。

「そういえば田沢、課長に資料をまとめておくように言われてなかったか？　去年の和菓子特集を参考にしたやつ」

「あと少しなんで、移動中に仕上げちゃいます！」

何とか振り払えないかと考えてみたのだが、田沢は俺についていくと決めてしまっているらしい。遠回しに机で仕事をしていろと伝えたのだが、笑顔で元気よく返事をしてくる。

それに、課長が口だけ動かして「連れていってやれ」と言っていた。他の人たちも、田沢が俺にこうしてついて回ろうとするのを、微笑ましく見ている。

人懐っこくて気働きができるから、田沢はみんなに好かれて可愛がられている。だからここで断れば、周囲の俺への心証が悪くなるだろう。

入社して四年目。がむしゃらにやってきて、この営業部企画課で俺は若手のホープなんて呼ばれるようになったのだ。それなのに、この入社一年目の子犬くんを邪険に扱ったことで心証が悪くなったりしたら、もったいない。

俺は損はしない主義だ。本当なら無駄も嫌いだが、少しの無駄で損することを防げるのなら、そちらを選ぶのが利口というものだろう。

「じゃあ、行くぞ。初日で混んでるだろうから、しっかりついてこいよ」

いい先輩風を装って声をかけると、田沢は嬉しそうに頷いた。

その笑顔を見れば、断られるつもりなんてさらさらなかったのだろうなと、癪に障る。同行を許可しただけなのに妙に嬉しそうなのも。

俺は他の人たちと違って、こいつを甘やかしたつもりも可愛がるつもりもないのだが、こいつはなぜだか俺に懐いている。

普通、こんなふうに懐かれれば悪い気はしないのだろうが、どうにもこいつが苦手だった。それはあくまで俺の事情で、田沢に原因も落ち度もないわけだが。

「デパートの催事を見に行くのって、やっぱり敵情視察ですか？」

最寄り駅まで歩いて電車に乗り込むと、田沢がそんなことを無邪気に聞いてきた。

言いたいことは伝わったが、言葉のチョイスがイマイチだと感じ、どう伝えたものかと考える。

「うちの会社にとって、デパートやそこで開かれる催事は敵じゃないんだ。同業者だな。だから、敵情視察というより勉強のつもりで向かうほうがいいぞ」

俺たちが勤めるボヌール株式会社は、贈答品を取り扱う卸売業だ。

もともとは大正時代に今でいうところの店のロゴ入りの手ぬぐいやうちわなどのノベルティを作って卸していたのが、昭和に入った頃に地方の業者向けの通信販売事業を始めたのをきっかけに会社を大きくした。

さらに結婚祝いや出産祝いなどの贈答品を中心にカタログによる通信販売を展開し、インターネットが発達してからは全国の名産品なども取り扱うようになった。

俺は入社してから、和菓子と和の食器、茶器ととびきりのお茶など、地方の名産品と伝統工芸品を結びつけて消費者へ提供できないかと、ずっと企画を出し続けてきた。

それがようやく動き出したのが一年前。送り出した企画の第一弾はなかなか好評で、今は第三弾に向けての準備に動いている。

あちこち飛び回って仕事をして、日々充実している。

入社して最初のうちは、他の人の下について色々勉強させてもらっていた。だが、そのうちに俺はひとりで動いたほうがパフォーマンスが上がると判断され、自分だけでやる今の仕事のやり方に変わっていった。俺としても人と組むのは苦手だから、このやり方が性に合っている。

当然、組織に属しているわけだから誰かと組むことはあるし、補佐してもらうこともある。それでも、俺は基本的に人と組むのは嫌で、できればこれからもずっとひとりでやれたらと思っている。

人と一緒にいて相手を悲しませたくないという意識が、物心ついたときからあった。

それはたぶん、昔から見る前世の夢が原因だと思っている。

勝手に前世の記憶だと解釈しているが、子供のときから繰り返し同じ夢を見続けてきた。

夢の中、俺は騎士か何かで、国のためにずっと戦っている。どうやらそれなりの地位にあるようで、大勢の部下を率いていた。

だがあるとき戦況が悪化して、俺が率いていた部隊は壊滅状態に追い込まれてしまう。

火の手があちこちから上がる中、従者と共に退路を確保しようとするのだが、そいつを守って俺は死ぬ。

古い映画を一方的に見せられるようなその夢の中、いつもいつも、俺は死ぬのだ。それはどうあっても変えられないことのようで、その最期は無慈悲に訪れる。

繰り返し見るうちにわかったことなのだが、前世の俺はその従者を年の離れた弟か息子のように可愛がっていたらしい。

だから助からないと覚悟した俺は、その従者を庇って死ぬことを選ぶのだ。

視界が濁り、薄れゆく意識の中、従者の慟哭が響く。目覚めてからもその声がしばらく耳に残るから、俺はこの夢が嫌いだった。

そして、この田沢のことが嫌いなのは、あいつが夢の中の従者に似ているせいだった。

「真野さん、着きましたよ」

夢のことを考えているうちに、ついぼーっとしてしまっていたようで、田沢に肩を叩かれて俺は、電車が目的の駅に到着したことに気がついた。

慌てて降りると、田沢も嬉しそうについてきた。

「資料は？」と聞くと笑顔でタブレットPCを指差したから、どうやら本当に移動中に仕上げたらしい。この人懐っこさだけで可愛がられてるのではなく、ちゃんと実力はあるのだなと、こういうときに気づかされる。

「すごい人出だ！　でも……普通の〝九州物産展〟って感じですね」

デパートにたどり着き、エレベーターで催事の会場の階まで移動すると、その賑わいに田沢は驚きの声を上げた。だが、すぐに出店している並びに目を走らせ、怪訝《けげん》そうにする。

確かに田沢の言うように、一見すると店のラインナップに新鮮みはない。

福岡《ふくおか》の辛子明太子《からしめんたいこ》に大分《おおいた》のとり天やかぼす加工品、佐賀《さが》のうれしの茶や佐賀海苔《のり》、宮崎《みやざき》のマンゴーや日向夏《ひゅうがなつ》を使ったお菓子、熊本《くまもと》のからし蓮根に長崎《ながさき》のカステラやちゃんぽん、鹿児島《かごしま》の黒豚や芋焼酎などなど。九州の名産品といえば思い浮かぶものは、ひと通り並んでいた。

「あっと驚くようなものはない――田沢はそう言いたいんだろうけど、物産展はこれでいいんだよ。こういう場所が意外性と新奇性ばかり追求してたら、どうなる？」

「馴染《なじ》み深いものを買いに来た人ががっかりする、ですかね？」

「そうだ。九州物産展に来て辛子明太子もマンゴーもなかったら、嫌じゃないか？」

「嫌ですね。むしろここに来なければ目にしないくらいの、いろんな種類の明太子を見たら、九州の物産展に来たんだなって実感が湧きました」

人混みを縫うようにして店を見て回るうちに、田沢は物産展の雰囲気に気分が高揚してきたらしく、目をキラキラさせている。気持ちはわかるが、それでは勉強にならないため、意識を変えさせなければならない。

「こういう定番の店の中に、どんな別の要素が出店してるかが、その物産展のカラーになるわけだから、よく見てみろ」

「そう言われてみたら、名産なのかわからない洋菓子屋やパン屋も出店してますね」

「それが実は、地元では知る人ぞ知る人気店だったりするんだよ」

俺は田沢に説明しながら、みなづき堂という店に近づいていった。

そこは福岡県で百年近く続く老舗の和菓子店で、通信販売はやっておらず、県内にある数店舗に赴かなければ買うことができない店だ。だが、何年か前に福岡出身の芸能人が全国区のテレビ番組でここのお菓子を紹介したのを機に、話題になったのだ。

そんな店が今回の物産展に参加を決めたということで、俺は非常に興味を持っていた。

「まさか、東京にいながらみなづき堂さんのお菓子を食べられるなんて嬉しいです」

俺がそう声をかけると、みなづき堂の人は嬉しそうにした。

「そう言っていただけたら、出店した甲斐があります。話題になっても、全国でどのくらい通用するのかわからなかったので」

それを聞いて、俺は口説き落としている最中の菊花亭《きっか》への提案を思いついた。


九州物産展に行った翌日から、俺はさらに忙しくなった。

帰り道に田沢が「どうせなら全国にまだ知られてない名店の品物、集めてみたいですよね」と言い出したことがヒントになったのだ。

物産展の評判は上司たちの耳にも届いていたらしく、すぐに新しい企画を動かせないかという話になった。便乗するわけではないが、話題になったものを取り入れられないか考えるのは大切なことだ。

すべての人が物産展に足を運べるわけではない。話題になったあとで興味を持つ人もいる。そういった人たちの〝欲しい〟という気持ちを満たすのが、ボヌール株式会社の仕事だと考えている。

そして俺は、贈答品としてだけでなく、自分にちょっといいものを買いたいという人の気持ちを応援したいし、いいものと人を結びつける仕事に誇りとロマンを感じている。

俺は、大本命である菊花亭へのアプローチを続けながら、みなづき堂をはじめとした地方のお菓子屋との打ち合わせを重ねた。

物産展などに出店はできないが全国へ商品を届けたいという店は、予想以上にたくさんあった。

大手通販サイトで販売するほどの個数は確保できないが、期間を区切り、数量を限定して、完全予約販売でならやれそうだという店が多くあることがわかったから、それをうちがお手伝いさせてもらうということで話を進めている。

伝統工芸品と名産品を組み合わせて発信する企画の第三弾と合わせて、二つの大きな企画を動かすことになったため、まさに大忙しだ。

出張の合間に詳細な企画書や資料を作り、打ち合わせをして、疑問や問題点をつぶしていき、他社や他業種の類似した企画をチェックして……としているうちに、気がつくとものすごく疲労していた。

「……エナドリの買い置き……くそ、切らしてた、か……」

遠方まで出張してきて、そのまま会社に戻ってきたのが夜八時前。資料のまとめを作ろうとしていたのだが、強烈な眠気がさしてきた。

「真野さん、大丈夫ですか？　何か手伝えることはありますか？」

席を立って自販機のある休憩スペースまで行こうとすると、まだ残っていた田沢に声をかけられた。その心配そうな顔を見ると、なぜか無性に苛立ってしまう。

「別に大丈夫だ。ちゃんと規則は守るって」

深夜残業を禁止しているため、うちの会社は夜十時には社屋を出なければならない。それを守るためには仕事を持ち帰るしかないわけだが、会社としてはブラックな労働は推奨していないということだ。

「いや、そういう意味ではなくて疲れてそうだったので……」

「ひとりでやれるからほっといてくれ」

つい声を荒らげてしまった瞬間、田沢のせいでイラついていたのではないと思い出す。だが、俺から強い言葉を投げつけられた田沢は、捨てられた子犬のような顔をして出ていってしまった。「お先に失礼します」という声も、いつものような覇気がなかった。

猛烈に罪悪感が胸に湧くが、そんなものに構っている余裕はない。

もやもやを振り払って俺は自販機にコーヒーを買いに行って、またパソコンに向かって資料を作成しようと粘った。だが、疲れ果てた頭と体では大したことはできず、十時ギリギリに這うように会社を出るしかなかった。

今ならまだ帰宅して家で仕事を仕上げることもできるのだろうが、始発の新幹線に乗らなければいけないことや、それに乗るためには何時に家を出るべきなのだろうかと考えだすと、一歩も動けなくなってしまった。

そんなとき、手の中のスマホが震えた。

『真野さん、仕事終わりましたか？』

「いや、まだ……」

『じゃあ、今から会社近くのネカフェに来てください！　手伝うので！』

電話は田沢からで、いつもの元気な声でそんなことを言う。

疲れ果てた俺の頭には「何で？」とか「お前はどこで何をやってるんだ」とか、そんな疑問が湧くが、それを伝える気力はない。

だから、言われるがままトボトボと、指定されたネットカフェまで行った。

「真野さん！　ここ、自分がよく残業で使うんです」

ネカフェの前には田沢がいて、笑顔で手招きしてくる。それから慣れた様子で入店手続きを済ませ、ブース席まで案内された。

「ラーメン、醤油と味噌ならどっちがいいですか？　何か食べたほうが頭が働きますよ」

「……じゃあ、醤油で」

ニコニコ笑顔で半ば強引にカップ麺を勧めると、田沢はそれを手にどこかへ行ってしまった。どうやらお湯を入れに行ってくれたらしい。

腰を下ろして足を伸ばすと、自分が本当に疲れていたのがよくわかる。ネカフェで残業するという考えはなかったから、そんなことを思いつく田沢に感謝した。

ふたり並んでラーメンを完食する頃には、田沢に対する苛立ちはすっかりなくなっていた。

「あとしなくちゃいけない作業はどのくらいありますか？」

「えっと……明日菊花亭の社長に見せる資料をまとめるだけ」

「何時の新幹線で向かうんですか？」

「……六時」

田沢は俺の話を聞いて、スマホをいじり始めた。時間を見ているのか何かを調べているのかはわからないが、どうやら俺のために動いてくれているようだ。

「六時の新幹線なら、五時にはここを出ましょう。三時くらいに起きてもろもろ準備するとして、あと四時間は寝られますよ。起こすんで、今は休んでください」

「起こすって……」

「アラームかけました。俺がそばにいるんで、寝過ごしはないです。休まなきゃ明日やれないの、自分でもわかってますよね」

こんな状態で眠れるかと思ったが、田沢に強く言われて反論できなかった。今のままでは資料作りもできないし、何より先方を説得することなどできるわけがない。

だが、眠ろうとしても頭だけは妙に興奮してしまっているみたいで、なかなか眠れなかった。

「……田沢は、何でこんなに親切にしてくれるんだ？　別に俺と組んで仕事してるわけじゃないし、俺は面倒見がいい先輩でもないだろ」

普段なら絶対に口にしないようなことなのに、疲れ果てていて気が緩んだのか、俺はそんなことを尋ねてしまっていた。

同僚が大変そうだから手を貸しただけ、企画が頓挫したら会社の不利益になるから手を貸しただけ——親切にされたのではなく、合理的に動いた結果だと言われればそれまでなのに、馬鹿なことを尋ねてしまったと、田沢の返事を待つ間後悔した。

「……変な話なんですけど、真野さんを初めて見たとき『今度こそこの人を支えなきゃ！』って思ったんですよ」

話すことをためらったのか、恥ずかしそうに、それを誤魔化すみたいに田沢は言った。

「何かよくわかんないんですけど、自分にはずっとやらなきゃいけないことがあるっていう漠然とした意識が子供のときからずっとあって、それがもどかしくてたまらなかったんですけど、真野さんの顔を見たときにその答えを見つけたみたいな気分になったというか……やっぱ、変ですね」

きっとこれまで誰にも話したことなどなかったのだろう。語るうちに、田沢はどんどん自信をなくしていくようだった。そして茶化すように、笑って冗談として流そうとした。

だが、俺はそれを聞くうちに、自分が見てきた夢と重なるようで、不思議な気持ちになっていた。腑に落ちるというのがこういうことなのかと、実感したところで眠りに落ちていた。

夢の中、いつもの騎士と従者が出てきたが、戦場を駆ける姿ではなく、楽しそうに食事をする日常の様子を見せられた。こんな内容は、これまでになかったものだ。

騎士は戦いの技術はすごいくせに生活能力はからきしのようで、従者に甲斐甲斐しく世話を焼かれていた。というよりも、従者が活き活きとしているのを見るのが楽しいらしい。

従者のことが大切で、可愛くて、だから最期は庇ったのだろう。そして、大切だったからこそ自分の死に様を見て深く悲しむ従者の姿と泣き声を、ずっと忘れられずにきたに違いない。

それはきっと、後悔だ。当たり前だが、騎士は従者を生かすために庇って死ぬよりも、一緒に生きることを選びたかったはずなのだから。自分が死んで泣く従者の姿なんて、見たくなかったはずだ。

生まれ変わっても、誰かと組んで何かするのは二度と嫌だと思うほど、騎士にとって従者を残して死んだことが心の傷になっていたのだ。

それがわかって、長いこと抱えていた底のない悲しみが、少しだけ軽くなった気がした。

「……俺のこと、支えるんじゃなかったのかよ」

帰りの新幹線で爆睡している田沢の顔を見て、何だか少し癪に障った。

あれからこいつのおかげで仮眠ができ、それにより回復した俺は残りの仕事をまとめ、予定の新幹線に乗ることができた。

当たり前のように田沢もついてきて、俺が訝ると「実はもう、昨日のうちに課長には許可取ってます」などと悪びれもせず言うから、仕方なく同行を許した。

だが、ついてきてもらって本当によかったと思う。

疲労困憊な上、半徹夜した頭と体ではまともに思考が働くはずもなく、俺は仕上げたプレゼン資料をまとめてネットカフェを出るのがやっとだった。

あとは田沢が付き添ってタクシーをつかまえ、駅まで連れていき、いつの間にか調達していた朝食を新幹線の中で手渡してくれたから、俺は疲れや空腹で倒れることなく目的地にたどり着けたのだ。

現地に着いてからも、田沢の協力は大いに役に立った。

菊花亭のお菓子を全国の人々に届けたいという気持ちはずっと変わらないし、その熱意が伝わるように資料も作ったつもりだったが、いざ本番でそれを伝えようと思うと、力を出しきれないのを感じていた。

そこを田沢がうまくサポートしてくれたのだ。

丁寧に冷静に伝えようとする俺の横で、田沢が若い熱のこもった言葉で想いを伝える。すると、落差によって心を揺さぶることができたのか、これまでずっと難しい反応をしていた社長の顔が緩み、最後は笑顔で頷いてもらうことができた。

「君の企画にこんなに熱心に楽しそうについていきたいという若い人がいるのなら、私たちの作るものも本当に全国の人に喜んでもらえるかもしれないな」

菊花亭の社長は、そう言っていた。つまり、田沢の存在が決め手になったということらしい。

それを聞いて俺は、これまで頑なにひとりでやろうとしていたことが間違っていたのだと、ようやく気づくことができた。

「……人と組むのも、誰かに助けられて仕事をするのも、悪くはないかな」

これまでにない充足感と達成感を覚えて、俺は改めて田沢を見た。呑気な顔で眠るこいつの顔を見ていたら、夢の中の従者の泣き顔と慟哭が脳裏に蘇り、鼻の奥がツンと痛くなった。

それを誤魔化すために、俺は田沢の鼻を摘んで、髪をぐしゃぐしゃに撫で回す。

「な、なんすか?」

「いつまで寝てんだよと思っただけだ」

「すみません……」

誤魔化すように言った俺の言葉を信じて、田沢は申し訳なさそうにした。実際は、そんなことは微塵も思っていないのだが。

こいつは、涎《よだれ》を垂らして寝ているくらいがいい。

ひとりで突っ走りすぎる俺の隣には、こいつがいるのがちょうどいい。

借金大王

神野オキナ

寒い。

ギリギリ東京の端っこにある寺はバカみたいに寒い中、昨晩からの雪に化粧されて、俺はあいつの焼香の列に加わっていた。

二月、今日は気象庁が警報を出すぐらい雪が降ると言っていた。

あいにくと、こういうときに履くべき黒いビニールレザーの靴は、加水劣化ってやつで靴底がボロボロと外れてしまい、いつも仕事で使っている黒い作業靴なのが恥ずかしいが、まあ、しょぼくれた50代半ばの、ペラペラな布地の喪服をつけた男の足下など、誰も念入りにチェックはしまい。

それよりも、早いとこ、俺は昔の「相棒」に別れを告げたかった。

ユウキヒデ。

ゲームの主題歌からはじまり、今や国民的大ヒットアニメの主題歌をいくつも手がけた、有名なアニソンシンガーとして地道にキャリアを重ねたベテラン歌手。

去年は主題歌を担当したアニメが国際的にも大ヒットして、毎日のようにその歌声を街中で聞いた。――それが一昨日、急死した。

解《かい》離《り》性《せい》大《だい》動《どう》脈《みゃく》瘤《りゅう》。深夜、就寝中だったらしく、翌日になっても現場にこないとマネージャーが宿泊先のホテルを訪ねて発覚したという。

そして死後明かされたところによると、がんが全身に転移していて、この仕事を最後に、長期療養の予定だったらしい……余命は半年もなかったとか。

列が進み、俺の目に寺の門の奥、お堂の入り口に掛けられた大きな白黒写真が見えてくる――軽薄だった10代後半のあいつを知ってると、そこからそれなりに苦労したんだろうという、年輪を刻んだ50代初頭の、しかし俺なんかより遥かに健康そうに引き締まって日焼けした顔が、満面に笑みを浮かべてこっちを見てる。

今から30数年前、もっと若い、つるんとした顔のアイツはこういう笑みを浮かべて「ヨ・相棒」と挨拶しながら俺の肩を叩くのが常だった。

すすり泣く声があちこちから聞こえる。

まあ、葬式だということで条件反射で泣いてしまう奴は男女問わずいるが、中には本当に悲しさのあまり号泣してる奴もいる。

明らかに外国の言葉まで交じってるのが奴の残した歌の価値を示していた。

ユウキヒデ。享年54。非公表の本名は藤谷ユウキ。

白黒写真の、存在しない視線を躱《かわ》すように俺はうつむいて、懐の中、なけなしの3万円が入った香典袋に意識を向けた。

そうでもしないと、やりきれない思いが口から吹き出してきそうだった。

なにか、あらぬ事を口走りそうな気がしてならない。

なんで俺がユウキヒデの本名を知ってるか。元はつくけど、「相棒」などと胸の内で思ってるか、といえば……まあ、それは40年ちかい昔に遡る。

そのころ、高校時代。俺はバンドをやってた。

世にいうバンドブームの残光の中、熱に浮かれた高校生がやりがちなことだ。

俺の担当はベース。まあ、あんまり上手くなかったが、バンドのボーカルは本物だった。ボーカルのやつ――子供の頃、大好きだったアニソン歌手の名をもじってユウキヒデと後に名乗るあいつは、まだ藤谷ユウキという名前だった――は妙に自信たっぷりで愛嬌があり、とにかく明るかった。

学校で先生に叱られてもかまわず髪の毛を真っ赤に染めて、いつも日焼けしてて、明るくてお調子者、だけどマイクを握らせたら神様が宿ってるんじゃないか、というぐらい上手かった。

高音も低音もばっちり、音程を外すことなんかなく、そのさらに先にある、「表現」ってものを歌声の中に込められる男だった。

数年前に町一番の規模を誇ったスーパーの経営を、バブル景気に浮かれた増上慢《おもいあがり》で、土地取引に手を出すことで失敗した親父の影響もあり、常にマイナス思考で自己肯定感の低い俺とは正反対。なのに妙にウマが合った。

ベースラインが特徴的な曲を多く歌うバンドだったというのもあるんだろう。どのメンバーよりもあいつは俺と仲がよくなった。

とはいえ、ライブハウスとかに出られるほどのレベルをバンドはもってない。週三回、ほこりっぽい灰色の旧校舎での練習だってフルメンバーそろうことは滅多になかった。

あれだけ才能があればメゲてもおかしくないってのに、やつはそれでも笑って、でも決して手を抜かない歌声を披露してた。

あいつと俺だけがいつも練習に、真面目《まじめ》に顔を出していた。

思えば、二人だけがバンドを本気でやってた。一番上手い奴と、一番下手な奴が、というのは運命の皮肉って奴だ。

高校三年生の学園祭が最初で最後の晴れ舞台。そこでバンドは解散。

ま、高校生バンドにしちゃもった方だと思う。

最近、バンドブームの大スターひとり、大槻《おおつき》ケンヂがテレビで言ってたが。ほとんどのアマチュアバンドにとって、必要だったのはバンドやコンテスト、成り上がりのストーリーじゃなく、マイナーな曲が歌えるカラオケ、それも配信カラオケだったんじゃないか、と。だからこそあっという間に専門誌が出るほど数があった、アマチュアバンドは消えていったんだろう。

で、その残光も消え去り藤谷以外は全員受験の追い込み。折しもバブルの爪痕くっきりな就職氷河期真っ只中、浪人なんてとんでもない。

みな、最後は黒いリクルートスーツをまとって、いい会社に受かるため、今日の空よりも暗い受験戦線に赴いた。

俺もその戦列に加わったが、藤谷は「歌手になる」と決めて、そこに来ることはなかった。

教師どころか学園祭では黄色い声援を送ってくれたクラスメイトもふくめ、馬鹿な奴、と周りは言ったが、俺だけは「ひょっとしたら、ひょっとするかも」と思った。

なぜなら、俺は奴がちゃんと努力してるのを知ってたからだ。

バイトで金を稼いで、ちゃんとした発声方法を民間の歌謡学校で学び、自分でスタジオを借り切って——カラオケルームが現れればそこで——喉を鍛え歌声をナイフのように研いでいるのを知ってた。

軽いお馬鹿キャラを演じながら、アイツはそういうとこ、マジメだったし、それを人に見られるのを嫌った。

俺がそのことを知ってるのは、あいつの練習に付き合ってベースをひいたりしてたからだ。

今と違ってマイナーな曲を練習するにはカラオケでは間に合わない。

だから、俺がベース片手に付き合うしかなかった……受験中、それが唯一の息抜きだった。

大学に受かってからも、その関係は続いた。

貧乏しながらもあいつは歌声を鍛え、練習し、デモテープを作ってはレコード会社に送り続け、コンテストがあれば応募し続けた。

「馬鹿みたいな夢だよなあ」笑いながら藤谷は、それでもキラキラした眼で、夢を語った。

俺も大学に入った安堵感から、公務員になって両親を楽させてやりたい、というささやかな夢を語ったが、あいつは決して馬鹿にしなかった。

「俺、親とは縁遠いからな」

藤谷の家は工場勤めの職人だった父親だけで、その親父さんも高校卒業前から急に具合を悪くし、入院して二ヶ月、藤谷の卒業を見届けるように亡くなったから、「親孝行」って言葉には弱かったらしい。

やがて、藤谷に仕事が舞い込むようになった。

ゲーム会社のアルバイトみたいな仕事から、小さなステージ、そして初めてＣＤが（まあゲームのサントラの中の一曲だけど）出た。

「俺、買い取りにはしなかった。印税にしたんだ。安くってもさ、そこで金を稼ぎ続ければ、少しは安心して夢、追えるだろ？」

その辺はしっかりしてた……と俺が思っていたのは最初の二年ぐらいか。俺が大学を出て、区役所に勤めるようになったころから、ちと風向きがおかしくなってきた。

ささやかながら、藤谷……ユウキヒデは売れ始め、印税も入り始めた。家庭用ゲーム機が最後の輝きを放ち始める時代、ヒット作の主題歌を歌ったのが大きい。

その頃から安堵もあったんだろう。「次の印税で返すから」とあちこち、特に俺に金を借りるようになった。

いまにして思えば、売れるようになってそれなりの格好をつけたかったんだろう。男性歌手と言えば破天荒な行状が褒め言葉とともに話題になる、そんな時代だ。

やれさっき見たアクセがよかった、あのレコード屋の店員の態度が悪いから目の前でやつの担当したコーナーのＣＤとレコードを全部たたき割りたいから……理由は多々。

ま、大抵の場合に、友人関係にあれば額にもよるが、二、三回までなら金を貸す。四回目でも年末年始とかなら仕方がない。だが、それが毎月となれば話は別だ。

「おい、どうするんだよ」

俺はその頃好きだったバンドの曲に絡めて説教した……借金しまくるいい加減な男を説教する、という内容の歌、そのものの状況だった。

「お前、そんな風に人から金借りて、戻しての繰り返しでどうするんだ？」

明らかにそのころ、奴の収入の七割は借金返済に消えていた。俺は商売人の子供……それも親父がスーパーの経営で満足してればいいのに、身の丈を超えた贅沢を望んで、土地に手をだし、最初は上手くいってたのが、「もう少しあれば上手くいくんだ」「あと○○万円貸してくれ、明日には返す」とあちこちに借金しまくって、どんどんドツボにはまった末に店も家も財産も全部消えて無くなる有様を見て育ったから、気軽に借金してしまう心理状態が、自営業にとってどれくらい危険か知ってる。

今の藤谷はまさにそのときの親父と言動はおろか、金を受け取るときのこすっからい、本人は意識してない下卑た表情までそっくり同じだった。

こいつは、今、相棒の俺がなんとかしなきゃだめだ。

その決意と思いだけが、俺の胸の中にはあった……背広つけて役所の職員やってて、そろそろ結婚、という順風満帆さの余裕が俺自身をかなり傲慢にさせていたのかもしれない。

でも、本気で藤谷がヤバイと思っていたのは純粋な思いだった。

だから、泣きながらもこんこんと説教し、奴もそのとき「だけ」は神妙になった。

「……分かった。もうやらないよ」

それ以来さすがに借金癖は……直らなかった。

翌月、奴は真夜中に酔っ払って俺に電話してきた。

「スマン、来月には返すから10万貸してくれないか。このバーの連中、いい奴らだから全員におごりたい」

さすがに、堪忍袋の緒が切れた。

折良く、というか折悪しく、というべきか。

俺はこのとき車を買う予定だった……今も乗ってるこの車だ。

もっとも、そのときはもう少し、高い車を買う予定だった。

ディーラーとも話はつけていた。

俺は翌日ディーラーにいって頭金として支払うはずだった30万を、封筒ごと枕の下から取り出して、上着の懐に入れてガムテを貼り、落とさないよう、スリに会わないように用心しながら、帰りの終電ギリギリに間に合うように電車に飛び乗った。

バブルがはじけたとは言え、まだ接待族は元気で、いい背広を着たオッサンがアチコチでゲロ吐いてる電車の中、拳を握りしめていたっけ。

で、指定された新宿の高級店で今にも酔い潰れそうにフラフラ揺れている藤谷の前にその全額をたたきつけるように置いた。

「30万ある、持ってけ。その代わり、二度と俺の前に顔を見せるな、俺を相棒とか呼ぶな、これでおしまいだ、じゃあな」

電車の中で組み立てて、何度も繰り返した言葉を、奴の酔っ払った眼をまっすぐ見据えて言ってやった。

多分、あれが俺の人生で一番カッコウイイ瞬間だったんだろう。

奴が何かを言う前に、俺は店を飛び出した。駅に向かって歩きながら、即座に携帯の奴の電話番号を着信拒否にした。

相棒として、友人として、これが最後の友情だった。

ちょうど、車の購入に合わせ、翌週には引っ越しの予定だった。

こうして、20代最後の冬、俺と、藤谷ことユウキヒデとの縁は切れた。

その後、奴は生活態度を改めたのか、それともマンマだったのかは知らない。

ともあれ、歌手としては順調にキャリアを重ね、去年は年末年始の有名番組を総なめにしたほどの売れっ子歌手になった。

俺はといえば、数年経たずに、結婚して係長になったのはいいが、区役所の上司からのパワハラと、部下からの突き上げで鬱《うつ》になり、仕事を辞めて心機一転、ラーメン屋を始めたものの見事にしくじり、今はその日暮らしの作業員だ。

街中で、コンビニで、パチンコ屋で、やつの曲が流れるのを聞くたび、あのときの30万……という思いが脳裏をかすめたが、それだけは出来ないと歯を食いしばった。

どの面さげて奴のところにいける?

いまも元気に活動してる、ってことは俺があのときたたきつけた30万は何かの役に立ったのかもしれない。

あの日、俺は確かに相棒のためを思って怒り、だからこそ縁を切った。

あの決断と行動は間違ってない。

むしろ自分の一生の中で数少ない、誇れることだ。

金を返してもらいにいけば、それはその誇れることをボロボロに壊してしまうことになる。

だから、出来ない、絶対にやれない。それぐらいの矜持《きょうじ》は俺にもまだ残ってた。

だが、奴は死んでしまった。

死んだアイツに別れを言わないのは、元相棒として不義理が過ぎる。

俺は、ああいうことをしてでも、立ち直って欲しいと思うほどには藤谷を相棒だと思っていたんだ。

焼香し、手を合わせ、帰ろうと寺の門をくぐろうとしたとき、小走りにやってくる中年女性が俺に声をかけた。目立たない、でも誠意のある顔立ちをした優しそうな女性だった。そういえば、同じアニソン歌手と結婚したんだっけ。

「あの、水沢《みずさわ》さんですよね？」

たしか気の弱いアイドル歌手あがりで、周りからいじめられてるのを藤谷がかばって縁が出来たとか。やや、垂れ気味の目元の辺りにまだその気弱さと、藤谷とくっついて、やつを浮気させないぐらいの強さが入り混じっていた。

「はい」

「あの、これ……主人から預かり物です」

喪服の女性はそう言って、白い息を吐きながら手に握りしめた分厚い封筒を俺の手に押しつけた。

「なんですか、これ」

「中に手紙が入ってます。とにかく、主人は水沢さんに一度謝りたい、と言ってました」

俺に封筒を戻すタイミングを与えまいと、女性は何度もペコペコ頭を下げ、あっという間に回れ右して小走りにまた本堂に戻っていった。

俺は、やむなく、封筒を持ったまま車に戻った。

小雪の降る中、来年の車検に通すか廃車にするか迷うポンコツ車を走らせ家に戻る。

妻が出ていって十年、親が死んで五年。雨漏りも最近するようになった台所で、電池式のランタンをつけて、封筒を開ける。

便せんが十枚ぐらいの手紙。

広げると、何かが床に落ちたが、それ以上に昔、俺に履歴書を代筆させたほどの悪筆が飛びこんで来た。

「水沢へ。俺だ。藤谷だ。字が下手なのは許してくれ……それ以前にまだ俺を覚えていてくれてるだろうか？　俺は、忘れられないでいる」

書き出しはこんな感じだ。

あとは誤字脱字と悪筆で綴られている高校時代、卒業後のオレ達のことの回想。大分自分に都合よく書かれてるのはあいつらしかった。

苦笑しながら、そして時に涙ぐみ、微笑みながら読み進めると、手紙は最後、こう結ばれていた。

「……というわけで、俺はそろそろイカンらしい。出来ればお前の家に訪ねていきたかったが、それも体力的にムリらしい。俺は歌手で、親父で夫であることを優先させなきゃいかんのだ。立てるうちは、歩けるうちは、歌えるうちはおれは歌手で夫なんだ……お前ならわかるだろ？　だが、心残りがある。最後にお前に愛想を尽かされたとき、借りた物を返したい……。

俺はあの頃、本当にいやな奴で、だめな奴だった。

でも、そこそこに仕事をこなし、チョコチョコ売れてきた歌手に注意する奴なんかいない。だから俺は許されると思ってた。

突発的に金を借りてバカをやるのが、昔の歌手っぽく、無頼で格好いいとも……アホだ。砂上の楼閣に立ってることを忘れてた。

お前があの日、新宿のバーで俺に背を向けたとき、それを思い知った。恥ずかしくって、追いかけることが出来なかった。

でもよ、肝に刻んだよ、魂に誓ったよ。

だから、あれ以来、人からも銀行からも金は借りてない。マジメにやってきた。いつか、お前に金を返して、と……でも、お前の行方は分からなくなって、役所も辞めた後は行方を突き止める手がかりもなくて……だから、今、こんな状況になるまでお前に金を返すのが遅れた。興信所を雇ってお前の居場所を突き止めるのが間に合うといいが、間に合わなかったら、すまない。ただ、俺は最後にお前にいい格好がしたい。だから同封した小切手がお前の手に渡ることを願っている。

本当にすまない。そして許してくれることを願ってる　元・借金大王の藤谷より」

手紙は数日かけて書かれたらしく、最後の数行は判読するのに苦労するほど、字に力が無かった。

そして、先ほど封筒を開けたとき床に落ちた物を拾い上げる……確かに小切手だった。

「追伸　一千万ある。ヨメにも話してあるから大丈夫だと思う」

「……馬鹿野郎。お前に貸したのは30万だぞ。藤谷」

俺は呟いた。

「返すなら30万だけでいいんだ。他人行儀な真似をするんじゃねえよ、馬鹿」

儲けた、という気は不思議にどこからも湧いてこなかった。

もう藤谷はいない。

がらんとした、暗い台所の中、俺は熱いものが目からこぼれ落ちていくのを感じた。

視界がゆがむ。

きっと目の前に藤谷がいたら、この小切手は喜ばしいものになったと思う。儲けたと小躍りしたかもしれない。

俺と、奴だけがこの小切手の意味と、価値を知っている。

だが、今は俺だけだ。俺だけがこの小切手の重さを知っている。

誰にどう説明したって、ただの「いい話」だ。

そんなんじゃないんだ。そんなんじゃ。

俺はテーブルに突っ伏して、湧いてくる嗚咽をなんとか噛み殺し、肩を震わせた。

会うんだった。もっと早く。まだ役人だったころに、あるいはこんな姿になり果てても、手紙の一通でも送って「また会いたい」と告げるべきだった。

もう遅い。

あいつは待っていてくれたのだ。興信所を使ったということ、この金額。間違いなく、あいつは俺が今、どういう状況なのか知っていた。

だけど、あの別れが「恥」になって自分からは言えないでいたんだ。

相棒だから。

本当のことを言おう。

俺は、意固地になって過去を忘れようと自己暗示を続け、それに成功してた。

藤谷とユウキヒデは俺の中で分離し、「他人」になっていて……昨日、新聞で死亡記事を見るまで思い出しもしなかった。

焼香に行ったのは、昔の「カッコイイ行為」にラストシーンを加えたい、という卑しい思いと、夢見の悪さを恐れてのことだ……年を食うとそういうことにけじめをつけないと眠れなくなることがある。

俺はただ、泣き声を噛み殺し、収集日に出し損ねた、パンパンのゴミ袋がいくつも積まれた、台所の向こうに広がる闇を、ぼんやりと見つめた。

そうしていたらあいつがふらっと化けて出てこないか、と。

あの軽薄な笑顔で……「ヨ・相棒」と。

そしたら俺は苦笑とともに、この小切手を奴にたたき返して、そして肩くんで、まだ台所のどこか、かろうじてまだ半分中身が残ってるだろうメーカーズマークでも掘り出して、飲みながら昔話をしてやる。

あのときのことはお互い忘れ、昔のようにやろうや、と言ってやれるのに。

「馬鹿野郎め」

冷え冷えとした中、俺は熱い物が頬を伝っていく感触の中、何度も呟いた。

君は違う

一色美雨季

めとして放たれた所長の言葉だった。

瀬川晴人《せがわはると》が、中央営業所の円堂稔《えんどうみのる》が南営業所に転勤してくると知ったのは、朝礼の締めとして放たれた所長の言葉だった。

九月初旬。それは季節外れの異動だった。着任は三日後。どうやら急に決まったことらしく、所長は「詳しいことはまた後日。」と言っても、私が話すより先に、皆の耳に噂話が入ってくるかもしれないが」と言って、営業所員のざわつきをシャットダウンするように無表情で椅子に腰を下ろす。

瀬川の勤める会社は、輸入食材を扱うローカル企業だ。本社の他に、営業所が三ヶ所と、販売店が一ヶ所。中小企業ゆえに、社内の噂話はすぐに回ってくる。

「円堂君、あっちのパートさん全員を収集つかないレベルまで怒らせたらしいよ」

案の定、朝礼が終わってすぐに事務の堀田《ほった》が耳打ちしてきた。中央営業所にいる同期から、既にあらましを聞かされていたらしい。

「販売店のパートさんに『アンタたちの残業、違法じゃね？』とか言ったんだって」

デパートにテナントとして入っている販売店は中央営業所の直轄で、店長以外は少数のパートスタッフで運営されている。その販売店のスタッフが突然の病気で休職することになり、他のスタッフが残業とシフト調整でどうにか店を回すことになった。当然、ギリギリのシフト調整だ。すると、なにを思ったのか円堂はわざわざ自分の休日にデパートに赴き、忙しく働くスタッフをからかうように件《くだん》の言葉を放ったのだ。

「円堂君ったら『疲れているパートさんを励ますために冗談を言った』って」

労働基準法に則った残業だということは理解しているし、自分の休日を使ってまで嫌がらせをする訳がないというのが円堂の主張だが、それを本気で言っているのだとしたら、最低のコミュニケーションセンスだ。

とにもかくにも、販売店から始まった怒りの炎は中央営業所内にも飛び火し、円堂の職場での居心地は最悪のものとなった。そして提出された季節外れの異動願いは、まるで当然のことのように受理された。

「かなりクセのある人みたいだからね。うちの営業所で問題起こさなきゃいいけど」

一緒に仕事したくないわあ、と堀田は言う。

瀬川も同じ気持ちだったが、しかし、その願いは早々に打ち砕かれた。円堂の着任前日、瀬川は所長から呼び出され、「円堂君のサポートを頼む」と言われたのだ。

「それはいいですけど、どうして僕が？」

すると所長は、苦慮していると言わんばかりの笑みを浮かべ、「既に円堂君の噂を知っていると思うが、君なら彼と上手くやってくれると思ったからだよ」と言った。

円堂は、中央営業所にいた時と同じく『外勤営業』として異動してくる。南営業所は、三つある営業所の中で一番規模が小さく、内勤は事務の堀田と田中《たなか》、それに内勤営業の瀬川しかいない。基本的に、事務員と外勤がコンビとなって顧客管理をするのだが。

「堀田さんは中央の事務員とかかわりが深いし、田中さんはパート勤務だからね。ふたりとも円堂君に対する拒否反応がすごくて……。その点、瀬川君は、内勤と外勤の違いがあるとはいえ同じ営業職だし、同性ということで彼を良い方向にリードしてくれるんじゃないかと」

つまり、サポートという名目で指導しろということらしい。

面倒なことになったなあ、と瀬川は思った。この営業所に内勤営業はひとりしかおらず、瀬川は常に多くの仕事を抱えている。それゆえに外勤のフォローは、瀬川の業務の範疇ではないのだが。

「向こうでも手を焼いたヤツだ。厳しくしてもいいから、お願いするよ」

断りたいなあと思いながら、瀬川は「はい」と頷くしかなかった。

§

円堂は、瀬川より三歳年下の二十七歳だという。中途採用で入社したのが一年半前で、前職のことはあまり話したがらないらしい。

「きっと前の職場でも人間関係でトラブルを起こしたのよ」

堀田はそう邪推しているが、それもあながち間違いではないのだろうと瀬川は思う。

円堂は、所謂《いわゆる》『上から目線の男』だった。

転勤初日。円堂は朝礼での自己紹介を終え、所長から業務内容の説明を受けていた。他の職員は円堂のことを気にしつつ、しかしそれを見せない素振りで自分の仕事を始めていたのだが。

「え、俺だけ内勤営業の人とコンビを組めるんですか？　それだけでも異動してきた価値がありますね！」

漏れ聞こえた円堂の声に、一瞬、全員の手が止まった。

「中央ではオバサン事務員とコンビにさせられて、本当に苦労したんですよ。文句は多いのに責任感はイマイチだし、オバサンだから考え方に柔軟性がないっていうか、俺のやり方についてくることができない人で。やっぱ、営業と事務ってナニかと違うんですよねえ。こっちの事務員がどういう人か知らないですけど、内勤営業とチームなら、そういうことを気にしなくていいから安心です」

自分は優秀だとアピールするために、円堂はわざと周囲に聞こえるように言っているのだろう。しかし、それを聞いた堀田と田中がどう思うかまでは考えていないらしい。現にふたりは顔をくっつけ、「あの人、遠回しに私達をバカにしてる」「オバサンって言い方、ふざけすぎ」と小声で怒りを口にしている。

前日に聞いた堀田の情報によれば、中央営業所での円堂は、けして優秀な職員ではなかった。むしろ他の営業の足を引っ張ることが多く、特にデスクワークはいい加減で、ベテランの事務員をサポートに付けてもまったく改善される気配がなかったという。

「中央の事務員が責任感イマイチなんて嘘よ。面倒見がいいことで有名な人なんだから」

「もう最悪。噂通りの男じゃない」

「あんなヤツ、営業職なんてやめさせて、別の業務に異動させればよかったのに」

小声のままとはいえ、堀田と田中の悪態は止まらない。所長の声が大きいお陰で、円堂の耳にまで届いていないのが幸いだと瀬川は思う。

他の外勤営業も、言葉にはしないが露骨に眉をひそめている。朝礼が終わってから一時間も経っていないのに、営業所の空気は随分と悪くなってしまった。中央営業所の所長が異動願いの受理にためらいがなかったのも納得だと思っていると。

「瀬川君」

不意に、所長に名前を呼ばれた。はい、と返事をすると、「彼が、さっき言っていた内勤営業の瀬川君だ」と、所長は円堂に紹介をする。

「瀬川君は営業経験が長く、南営業所の頼れる存在だから。分からないことがあったら、とにかくなんでも彼に聞いて」

「分かりました。瀬川さん、今日からよろしくお願いします。コンビを組む相棒として、早く俺のやり方を覚えてくださいね」

……ん？

一瞬、瀬川は頭の中で首を傾げた。所長の言葉と円堂の言葉が嚙み合っていない。

所長は「なんでも彼に聞いて」と言った。ということは、円堂より瀬川の方が仕事に詳しいと言っているのに、円堂はそれを理解せずに「早く俺のやり方を覚えてくださいね」と言い放ったのだ。

所長の口からかすかな溜め息がこぼれたのを、瀬川は聞き逃さなかった。

「無能な人間ほど自己評価が高いって本当なのね」

堀田の呟《つぶや》きが、やけに強く瀬川の耳に残った。

§

とはいえ、円堂はまったく仕事ができない男というわけではなかった。積極的に外回りに行くし、顧客の前ではそれなりに空気を読んでいるようだ。

問題は、地味なデスクワークだ。

「瀬川さん、昨日入荷のトマト缶、他からも予約が入りそうなので、念のために追加発注して在庫を確保しておいて。それと、カフェ林檎舎《りんごしゃ》の注文に変更が出たので、請求書の修正も」

「いや、こっちも手が離せないから、そのくらいの仕事は自分でしてくれないかな」

円堂は目立つ仕事しかやりたがらない。

最初のうちは慣れないだろうからと瀬川がデスクワークを手伝っていたが、いつまでも当たり前のように伝票を回されていては困る。そろそろ自分のことは自分でしてもらわないと、今度は内勤営業の仕事が追いつかない。

「でも、所長は、なんでも瀬川さんに聞いてって言っていたし」

「『聞く』っていうのは『質問する』って意味で、外勤がする仕事を内勤に押し付けるって意味じゃないと思うけど」

正直言って、瀬川も少しイラついていた。

円堂が南営業所に来て二週間。相棒として円堂のいいところを探そうとしたが、言動といい態度といい、人として感心する部分がどこにも見当たらない。それに反し、自分の仕事はどんどん増えていく。円堂だってそのことに気付いているはずなのに、それでも仕事を押し付けてくる。しかも瀬川に指示を出すかのような上から目線で。

たぶん、きっと、瀬川の我慢も限界に近付いてきている。

「中央ではデスクワークをやってこなかったのかな。まあいいよ、追加発注の仕方も、請求書の修正も、分からないなら教えてあげるよ。ちょっと待ってて。今やりかけのデータを打ち込んでしまうから」

分かりました、という言葉を、瀬川は期待していた。いくら空気の読めない男でも、そのくらいの謙虚さは持ち合わせているだろうと思った。

ところが。

「は？　なんで俺がそんなことを？　俺はそんなことする立場の人間じゃねーし」

小声で吐き出された毒を、瀬川は聞き逃さなかった。

「立場？　立場ってどういうこと？」

思わず口をついて出た言葉に、瀬川自身も驚いた。それは怒気を孕《はら》んだ声音だった。

まずいと思った。しかし、もう止まらない。視界に映る円堂が、動揺から瞳を激しく揺らしている。

「あの、ええと、だって、俺の相棒なら、このくらいのことをしてくれないと」

「繰り返し言うけど、相棒だから自分の仕事を押し付けてもいいってわけじゃない。それに立場って？　円堂君の立場って、どういうこと？」

「つ、つまり、これが俺のやり方っていうか、俺の仕事は『外勤営業』だから、こういう事務的な仕事は、立場上できないっていうか」

「できるよ。むしろ円堂君が責任を持って、自分の手でやらないといけないんだよ。それより、君が言う『立場』って一体なに？　円堂君は役職付きじゃないよね？　職歴も年齢も俺より下だよね？　まあ、そういうことだけで立場が決まるわけでもないけどさ。でも、自分でおかしいこと言ってるって気付かないの？　なんで後から入ってきた君が俺に指示を出すわけ？　『立場上できない』って誰が決めたの？　もしかして円堂君が勝手に決めてるだけじゃないの？」

まくしたてる瀬川に、けれど円堂は答えない。

職場の空気はどんどん張りつめていく。

すみませんでしたと言え。仕事を教えてくださいと言え。そうすれば、これ以上事態は悪化しないで済む。頼むから言ってくれ。――瀬川はそう願ったが。

「あ、そうだ、お、俺、大宮《おおみや》商事さんと約束してたんだ。あの、出かけてきます」

踵を返して営業所を飛び出す円堂の背中を、瀬川は憮然とした面持ちで見つめる。

――やってしまった。

収まらない怒りと、後悔の念が綯《な》い交《ま》ぜとなる。

怒ったこと。俺が悪い。アイツが逃げたこと。俺は悪くない。いや違う、逃げ出したくなるほど怒った俺が悪い。でも、結果的に怒らせたアイツが悪い。っていうか、俺たちは本当に仕事の相棒なのか？　こんな初歩的な仕事の割り振りで揉めてるコンビ、今まで見たことないんだが。

「……クソ」

なにかに八つ当たりすることもできないまま、瀬川はパソコンに向かう。

すると横から、「瀬川君、気負いすぎ」と堀田が声をかけてくる。

「疲れてるんでしょ。そのデータ入力、残りは私と田中さんでやっておくから、ちょっと休憩してきなさいよ」

ふと顔を上げると、所内のあちこちから、憐れむような視線がこちらに向けられていた。瀬川は急に羞恥心を覚え、「すみません」と頭を下げた。

「これだけ瀬川君が怒ったんだから、あいつも少しは反省するでしょ。追加発注だの請求書の修正だの、そのくらいのデスクワークは自分でするわよ、きっと」

ところが堀田の予想を裏切り、円堂は全くなにもしていなかった。

金額の合わない請求書と、注文数より在庫の少ないトマト缶。

当の円堂は「俺は悪くない」の一点張りで、結局、顧客に頭を下げたのは瀬川だけであった。

§

思えば、今まで職場の人間関係で悩んだことなど一度もなかった。自分は恵まれていたのだろうと瀬川は思う。

瀬川が初めてコンビを組んだのは、新人の時だった。相手は外勤営業主任。相棒というよりは師匠と弟子という感じだったが、あの時に叩きこまれた仕事のノウハウは今でもしっかりと活きている。今度は瀬川が、それを円堂に教えなければならない。分かっているのだが、しかし……。

「瀬川君、トラットリア青山《あおやま》さんからお電話です」

トラットリア青山は、老夫婦が経営する老舗のイタリアンレストランだ。最初の相棒である外勤営業主任から引き継いだ、大切な取引先だ。

いつもならオーナーシェフのご主人が電話を掛けてくるのだが、今日は珍しく奥さんからだった。

ワインと冷凍フルーツの注文を確認し、「いつもありがとうございます」と瀬川はお礼を言う。すると奥さんは、「こちらこそ、いつも小口注文でごめんなさいね」と言う。

「こんな注文数じゃ、瀬川さんの成績にならないんでしょう？　今まで知らなくて、本当に申し訳ないことをしたわ」

「え？」

疑問符と同時に、嫌な考えが頭を過《よぎ》った。

トラットリア青山とは今まで何度も取引を重ねてきたが、その注文数が瀬川の成績になるなど話したことはない。もしそんなことをする人間がいるとすれば、それは。

「あ、あの、もしかして、うちの円堂が伺いましたか？」

「ええ、一昨日、新商品の説明にいらっしゃいましたよ。それでまあ、いろいろお話をしたんですが……まさか瀬川さんが困っていらっしゃったなんて。そのことで、主人の方もちょっとヘソを曲げてしまいましてね。今日の電話注文も私に頼むって」

やられた、と瀬川は思った。

円堂がなにを言ったのかはおおよそ想像はつくが、しかしトラットリア青山のことで困ったことなど一度もない。この仕事で最も大切にしなければいけないのは注文数より信頼と取引実績であり、それらは一朝一夕で成しえるものではない。

必死になって円堂の非礼を詫び、瀬川は電話を切った。

はあ……と大きく嘆息する。と同時に、怒りが沸々とこみあげてくる。

あいつ、なにを考えているんだ。どうしたいと思っているんだ。築き上げた信頼関係が崩れてしまうことを、恐ろしいとは思わないのか。

心配そうに見つめる堀田と目が合う。――その時。

「ただいま戻りました」

営業所内に響いた円堂の声に、思わず瀬川は「円堂！」と椅子を蹴り上げる勢いで立ち上がった。

「お前ふざけんなよ！　なにやらかしてくれてんだよ！」

円堂は驚いたように目をパチパチとさせる。が、瀬川が握りしめていた注文書の『トラットリア青山』の文字を見た途端、なにかを察したのか「あ」と口の端を不自然にひきつらせた。

「し、知らない。俺は悪くない」

まるで大人に叱られた子供のように、首を横に向けて円堂は言う。

「悪くないわけないだろう！　あの店はお前が生まれる前からのうちの取引先で、前任の営業主任から引き継いだ大切な顧客だったんだぞ！」

「俺は本当のことを言っただけ」

「嘘だ！　お前の言ったことは全部デタラメだ！　なんでこんなことするんだよ！」

「だって」

円堂はボソッと呟いた。「相棒のくせに、俺のやり方を覚えなかったお前が悪い」

その瞬間、瀬川はカッと頭に血が上るのを感じた。

心の奥底にためていた鬱憤《うっぷん》が、すべて口を衝いて出た。

円堂の言葉選びの幼稚さ、無神経さ、我がまま、無能、それでいて無駄に高い自尊心、すべてにおいて限界だった。パワハラ認定されてもいい、こんなヤツとは働けない。一緒にいたくない。


お前と相棒なんて、もうごめんだ！


叫んだ瞬間、ようやく円堂と目が合った。

円堂は小さな声で、「……会社、辞めます」と言った。

§

「ようやく平穏が訪れたわねえ」

円堂が辞表を提出してから、二週間が経った。

有休消化中のため円堂は出勤しておらず、営業所は以前の空気を取り戻しつつある。後に発覚したことだが、円堂は瀬川のことだけでなく、他の外勤営業の陰口も吹聴して回っていた。自分の言いなりにならない者や障壁になりそうな者に関しては、どうしても貶めたくて仕方ない性格だったらしい。

四方に頭を下げて誤解をとき、ここ数日でようやく仕事も落ち着き始めた。もしかしたら今後なにかしらの影響が出てくるかもしれないが、その時はその時で対処するしかない。

「円堂君の件で、所長もお疲れのようよ」

堀田が言う。

一週間前、瀬川と所長は円堂の件で話をした。瀬川は、職場においてパワハラまがいの怒声を上げたことを所長に詫びた。

「気にしなくていい。むしろ、瀬川君には申し訳ないことをしたと思っている」

所長は言った。「円堂君と相棒になるのは、たとえ聖人君子でも不可能だったよ」

「しかし、所長に彼を指導するよう頼まれていたのに、こんなことになってしまって」

「仕方ないさ。円堂君は君を信用しようとしなかった。彼は常に他人を下に見る人間だったからね。人間関係を上下でしか計れない人間は、集団の中では生きていけない。それが相棒となれば猶更《なおさら》だ」

確かにその通りだと、瀬川も思う。

自分達は信頼関係を築けなかった。けれど、悪いのは円堂だけでなく、もしかしたら、気付かぬうちにその努力を怠った瀬川にも原因があるのかもしれない。

また溜め息がこぼれる。瀬川は無人の円堂のデスクを見つめ、自分にも円堂を下に見る驕りのようなものがあったのではないかと反省する。

「……相棒って、何なんでしょうね」

瀬川の呟きに、堀田は「今更なに言ってんの？」と笑う。

「業務上の相棒なんて、所詮は上が決めた組み合わせだもの。熱血少年漫画みたいな関係性なんて、そう簡単に生まれるもんじゃないわよ」

「確かにそうなんですが」

「ま、そうやって悩んであげるのだって、実は立派な相棒の証と言えるんじゃない？　普通なら、嫌な人間のことなんかこれっぽっちも考えたくないもの。今回の件、瀬川君はかなり努力したと思うよ。残念ながら、円堂君には伝わらなかったけど」

堀田の労わりが心に沁みた。瀬川は「ありがとうございます」と小さく頭を下げた。

「ねえ、そんなことより、さっさと発注入力終わらせたら？　トラットリア青山のオーナー、ようやく機嫌を直してくれたんでしょ？　次はないと思って、気を引き締めていかないと。瀬川君のいいところは、誰からも信頼される実直さだけなんだから」

「だけって、手厳しいですね」

苦笑いして、瀬川は伝票の束に向かった。

入力済みの伝票には、円堂が辞表を提出する前に書き込んだ手書きの数字があった。営業所全員に迷惑をかけたことは論外だが、それでも円堂は円堂なりに、自分の仕事をしようと努力していたのかもしれない。

本当にバカなヤツだと思う。だからこそ、瀬川は願う。

いつの日か、あのバカも、信頼すること、されることの大切さに気付けばいいのだが、と。

パルトネール

ひらび久美

閉店後の〝パティスリー・パルトネール〟の厨房にほんのり甘い香りが漂い、山崎遥《やまざきはる》真《ま》と福寿智也《ふくじゅともや》がそれぞれ作った小豆《あずき》のシフォンケーキが焼き上がった。おいしそうに型から盛り上がったケーキを見比べ、白いコックコート姿の遥真はため息交じりに言う。

「やっぱり小豆のシフォンケーキは智也の方がうまいよな」

遥真が言う通り、同じ分量の同じ材料を使ったにもかかわらず、智也のケーキの方がふんわりと高く焼けていた。

「うーん、ほんの少しだけどね」

智也は苦笑しながら型を逆さにして、中央の円筒部分を調理台に置いた瓶に差した。こうしておけば生地が縮まず、粗熱を取れる。

同じことをしながら、遥真は首を左右に小さく振った。

「それでも、お客様には見た目も味も少しでもいいものを食べてほしいから、店に並べるのは智也のだけだな」

智也は驚いて目を見開いた。

「えっ、遥真のだって大丈夫だよ。並べても問題ないと思うよ」

「いや、ダメだ。やっぱり小豆のシフォンケーキは智也のじゃないと。プレーンなシフォンケーキなら、俺だって負けないんだけどな。才能の差かなぁ」

四歳年上、二十七歳の大柄な遥真がしょげたように肩を落とし、智也は彼を元気づけようと、得意ではない冗談を言う。

「そ、そうだ。焼き型のせいかもしれないよ！　俺のは道具屋筋で吟味した逸品だから」

智也の一生懸命な様子を見て、遥真は目元を緩めた。

「そうだな。うん、絶対そうだ。俺の腕のせいじゃなくて、道具代をケチったせいだな」

遥真はおどけた顔で「あはは」と笑って続ける。

「でも、真面目《まじめ》な話、智也は抹茶とかゴマとか、和の素材を使ったスイーツが上手だから心強い。智也が俺と一緒にいてくれて……ほんとに嬉しいよ」

遥真に温かな眼差しを向けられて、智也は照れ笑いを浮かべた。けれど、嬉しい反面、後ろめたさを覚える。

（やっぱり遥真には……ちょっと言いづらいな）

智也は後片づけを始める遥真を見ながら、彼と初めて会ったときのことを思い出す。

あれは五年と少し前。大阪市南部にある製菓専門学校の入学式前に寮に引っ越したときのことだ。割り当てられた二人部屋にノックして入ると、少し年上の大柄な青年が荷《に》解《ほど》きをしていた。彼はレシピ本や経営学の本を持ったまま、智也に自己紹介をした。

「山﨑遥真だ。今日からよろしくな。俺、卒業したら自分のパティスリーを持ちたいんだ。開業資金を貯めるためにバイトをガンガン入れてて夜遅くなるけど、気にせず先に寝っててくれよな」

そう言って豪快に笑う遥真は、体格だけでなく性格も智也とは正反対に思えた。だが、一緒に過ごすうちに、智也と同じく彼も両親に夢を反対されて勘当《かんどう》状態なのだと知る。

遥真は父が大手弁護士事務所の共同経営者で、長男の遥真にも弁護士になることを望んでいたという。父に言われるがまま法学部を受験したが、父が言う『三流大学の法学部』にしか合格できなかったのだそうだ。連日、父から『情けない。もっとしっかり勉強しろ』と追い立てられ、募らせたストレスが、ほんの小さなスイーツで癒される。そう言えば受験勉強中もスイーツに癒されていたな……と思ったとき、パティシエになろうと決めたらしい。当然、両親に猛反対され、『大学を卒業するまでに考え直せ』とそれまでにも増して締めつけられたが、気持ちは変わらず、大学卒業後、勘当同然で家を出たのだそうだ。

「幸い今までの貯金もあるし、これからバイトをがんばれば、学費も開業資金も何とかなるはず。いや、何とかしてみせる！」と揺るがぬ決意を秘めた顔で話していた。

そんな遥真は、父が和菓子職人でパティシエになることを反対された智也のことを、自分と似た境遇だからか、それとも弟のように思っているからか、何かと気にかけてくれた。彼は明るくて頼りがいがあるだけでなく、父のお気に入りでしっかり者の実の兄からはもらえなかった温かな感情をくれた。さまざまな開業支援制度を調べ、複雑な書類を揃えて申請し、地域再生のために家賃補助が受けられる今の店舗を契約して、卒業と同時に本当にパティスリーを開業した行動力もある。親の援助を受けず、人の何倍も努力をした腕の確かな彼に、「俺の店で働かないか？」と誘われたときには胸が震えた。

遥真のいるこの店こそ、自分の居場所なのだと思っている。

（それなのに、こんな話をしていいんだろうか……）

智也は片づけを終えたタイミングで、おずおずと口を開く。

「あの、遥真」

ピカピカに磨いたシンクを満足げに見下ろしていた遥真が、智也に顔を向けた。

「ん、なに？」

「あのさ、悪いんだけど……明日の定休日から二、三日……もしかしたらもう少し……休みが欲しいんだ」

「休みなら構わないけど、いったいどうしたんだ？」

遥真に怪訝《けげん》そうに訊かれて、智也は小声になる。

「実は昨日、母さんから電話があって……父さんを助けてほしいって……」

『父さん』という言葉を聞いた途端、遥真の表情が険しくなった。

「は⁉　お前を勘当したくせに、助けてとかありえないだろ」

遥真の口調は表情同様険しく、父との確執を語ったときと同じだった。遥真を怒らせるのは嫌だったが、かといって電話口で泣いていた母を見捨てることもできない。

智也は両手をギュッと握って声を発する。

「そうなんだけど、でもね……」

「どれだけつらかったか、寂しかったか思い出せよ。智也の親父は智也の兄さんに店を継がせたいからって、菓子作りの好きなお前を蔑《ないがし》ろにしてたんだろ？」

智也の耳に、昨日電話で話した母の『お父さんは兄弟で揉めてほしくなかったのよ。わかってあげて』と言う声が蘇った。

「でも、父さんには父さんなりの考えがあったのかもしれない」

「なんで親父をかばうんだよ⁉」

「かばってるわけじゃない。ただ、母さんが泣いてたんだ。『父さんが大変だから、とにかく帰ってきて。数日でいいから店を手伝って』って」

「智也は優しすぎる。お前の方こそ、学校の奨学金とバイトで学費を賄《まかな》って、教科書や白衣は先輩にお古を譲ってもらって……ものすごく大変な思いをしたじゃないか。傷つけられて苦労させられたことを忘れたわけじゃないだろ⁉」

智也の境遇を自分に重ねて遥真が怒っている――怒ってくれている――のだとわかる。

それでも、五年ぶりに聞いた母の声が思ったよりもか細くて、どうしても心配する気持ちを抑えられないのだ。

「忘れたわけじゃないよ……。でも、母さんの電話じゃよくわからなくて、父さんの様子を見に行きたいんだ」

「俺は親父が『助けて』とか言ってきたって、絶対に助けない！　智也は俺より父親を選ぶのか？　パルトネールを捨てるのかよ⁉」

遥真が声を荒らげるので、つい智也も声が大きくなった。

「そんなわけないって、遥真はわかってくれてたんじゃなかったの⁉」

「そっちこそ俺の気持ちを考えたこと――」

そこまで言って、遥真はハッとしたように口をつぐんだ。そうして智也に背を向ける。

「遥真？」

「何でもない！　休暇は自由に取ればいいだろ！　俺は先に帰るから、戸締まりを頼む」

言うなり遥真はコックコートのまま裏口から出ていった。いつもは一緒に戸締まりをして、一緒に住んでいるアパートに並んで帰るのに、初めて一人置いていかれた。

（遥真を怒らせただけじゃなく、傷つけてしまったんだ……）

智也は肩を落としながらも、火の元を確認して戸締まりをした。徒歩十分のアパートに戻ったときには、遥真はもう寝ているらしく、彼の部屋は明かりが消えていた。

翌日の水曜日、智也は朝五時に起きると、遥真に置き手紙を書いてアパートを出た。五月下旬の早朝の空の下、特急を含め電車を四回乗り換えて三時間、日本海に面した京都府北部にある実家の最寄り駅で降りた。五分も歩けば、商店街の手前にある和菓子屋〝菓子処ふくじゅ〟が見えてくる。昔ながらの瓦屋根に白い壁、紺色の暖簾《のれん》という外観は五年前とまったく同じだ。地元ではかなり知られた老舗で、八時半を過ぎた今、いつも通りなら店内では開店準備が行われているはずだけど……。

店のガラス戸の前に立つと、漂ってくるむわっとした空気の中に、懐かしい匂いが混じっていた。餡《あん》の炊ける香りだ。子どもの頃は毎日当たり前のように嗅いでいた香り。

（母さんと兄さんだけで切り盛りしてるのかな。いったい父さんに何があったんだろう）

ガラスの引き戸に手をかけると、鍵はかかっておらず、カラカラと音を立てて開いた。

「すみません、まだ開店前――」

カウンターの向こうにいた母が振り向き、智也を見つけて目を見開いた。

「智也！」

紺色の着物姿の母が智也に駆け寄った。目を潤ませながら、智也の両手を握る。

「ああ、智也！　よく帰ってきてくれたわね！」

「母さん、いったい父さんに何があったの？」

智也は店内を見回し、白色の作業着に和帽子という見慣れた格好の父が、厨房《ちゅうぼう》で椅子に座っているのを見つけた。父は智也に気づき、椅子の背に摑まりながら立ち上がった。そしていつにも増して険しい表情で言う。

「洋菓子職人なんて商売敵のようなもんだ。和菓子を裏切っておいて今さら何の用だ」

心配して、遥真を怒らせてまで来たというのに、何という言われようか。

智也の表情が暗くなり、母はおろおろして父を見る。

「お父さん、そんなこと言わないで。せっかく智也が帰ってきてくれたんだから……」

父は「ふん」と鼻を鳴らし、また椅子に座った。その父のそばで立って菓子を作っていた兄の尚也《なおや》が、手を止めて小さくため息をついた。

「別に……智也に帰ってきてもらう必要なんてなかったのに」

その言葉に、和菓子作りを教えてとねだった子ども時代の心の傷が疼く。

『智也は要領が悪いから職人にも経営者にも向かんだろうし、勉強でもしてろ』

『そうね。智也は自営業より、安定したお給料がもらえる職を目指す方がいいわね』

『店は長男である俺が継ぐから、智也は違うことをしなよ』

かつてかけられた言葉を思い出し、智也はギリッと歯ぎしりをした。

「母さんに頼まれなかったら、帰ってなんかこなかったよっ」

智也は母の手を振り払って店を飛び出した。やはり自分はこの家で必要とされていないのだ、という思いが強くなる。

(来るんじゃなかった！　バカみたいだ！)

帰ろうと駅に向かいかけたが、遥真と気まずくなっていたことを思い出した。遥真を怒らせ、傷つけてまで出てきたのに、こんなにすぐには帰りづらい。

(どうしよう……)

とりあえず時間を潰すために、目についたコンビニに入った。朝食を食べそびれていたことを思い出し、サンドイッチとコーヒーを買う。コンビニを出て、子どもの頃よく遊んだ広い公園に行き、遊歩道を歩いて大きな池の前のベンチに腰を下ろした。どんよりした曇り空を映す暗い水面を見ながら、サンドイッチをのろのろと食べる。

遥真はきっともう起きているだろう。書き置きを読んでどう思っただろうか。もしかしたら家族に認めてもらえるかも……無邪気だった幼い頃のように家族と仲良くなれるかも……そんな期待が膨らみすぎて、遥真の気持ちを考えなかった。父親と絶縁状態の彼の気持ちを汲《く》まずに傷つけた。自分だけ家族と和解しようとしたなんて、最低だ。

そんな考えが頭の中をぐるぐる回り、自己嫌悪が募った。どうしていいかわからず、ぼんやりと池を眺める。そのうち、ボディバッグの中でスマホが震えているのに気づいた。取り出して画面を見たら、遥真からの着信だ。置き手紙を読んで昨晩よりも怒っていたらどうしよう。お前なんかいらないって言われたら？　不安で心臓がドクンと鳴る。

「も、もしもし」

電話に応じる声が、緊張でかすれた。

『今どこにいるんだ？』

遥真の口調が速くて、智也の鼓動も速くなる。

「えっと、公園……」

『公園⁉　家族と話さずに何やってんだよ』

心なしか遥真の声に呆れが交じったように聞こえ、智也は言い訳するように言う。

「や、それが……父さんと言い合いになっちゃって」

『それでも、せっかく来たんだから、家族とちゃんと話せよ』

「うん、でも……」

『〝でも〟何だよ。そのまま公園にいたって、何も解決しないだろ』

「……そうだけど、もういいんだ。今から大阪に帰るよ」

智也が言った直後、スマホから『は⁉』と大きな声が聞こえてきた。

『一人で帰るな！　今からふくじゅに来い。俺もふくじゅにいるから』

「えっ、なに、どういうこと？　遥真がふくじゅに来てるってこと⁉」

『そうだよ。だから、早く来い。待ってるからな』

智也を急《せ》かすように電話は切れた。智也は半信半疑ながらも、急いで菓子処ふくじゅに戻った。ガラス戸の向こうに本当に遥真の後ろ姿が見えて、驚きつつ引き戸を開ける。

音に気づいて振り返った遥真は、白のVネックシャツにチノパン、デニムジャケットという格好で、左手に大きな紙袋を持っていた。

「お、やっと帰ってきたな」

遥真が小さく息を吐き、智也は驚きが冷めないまま口を開く。

「ど、どうしてここがわかったの？」

「お前が専門学校時代に話してくれたことを思い出して、ネットで検索したんだ。珍しい店名だからすぐに見つかったよ。それより、こんな手紙、ふざけんなよ！」

遥真はつかつかと歩み寄り、ポケットから折りたたまれた紙を出して広げた。それを智也の顔の前に突き出す。それは智也が残してきた手紙だった。

遥真は手紙を自分の方に向けて、押し殺した声で読み上げる。

「〝勝手に帰ることにしてごめんなさい。勘当されたけど、それでもやっぱり心配なんだ。状況がわかったら、できるだけ早く戻る。それまでは俺の道具を使って、シフォンケーキを焼いてください。アルミ製で熱通りがいい俺の大切な相棒です〟って、お前の大切な道具を、一時的にだって俺が使えるかよ」

遥真の声に怒りがこもっていて、智也は思わず一歩後退《あとじさ》った。

「でも、遥真が怒ってたから……」

遥真は手紙をポケットに戻し、前髪をくしゃくしゃと乱した。

「そりゃ……まあな。お前が戻ってこなくなるんじゃないかって不安だったからさ」

「そんな！　そんなわけないよ！　遥真のおかげで俺はお菓子作りに関わるっていう夢を叶えられたんだから」

そのとき「智也」と呼ぶ声がして、振り返ると尚也が二人の後ろに立っていた。

「山﨑さんには説明したんだけど、父さんが自転車で転んで足を骨折したもんだから、母さんが智也に連絡したんだ。父さんの怪我は口実で、母さんは本当は智也に会いたかったんだと思う。だけど、俺は大阪でがんばってる智也をわざわざ呼ぶ必要はないよって反対してたんだ。『智也に帰ってきてもらう必要なんてなかったのに』って言ったのは、そういう意味だったんだよ」

「ほんとに？」

智也が訊くと、尚也は頷き、すまなそうな表情になる。

「そうだよ。それと……店は代々長男が継いできたから……俺の権利だと思ってた。のけ者にして、ごめん」

兄の言葉に、智也の胸に長年つかえていたものが静かに形を失っていく。

「智也、これ」

智也の目の前に、遥真が左手の紙袋を持ち上げた。

「なに？」

智也が渡されるまま受け取って中を覗くと、ラッピングフィルムで包まれた小豆のシフォンケーキが入っていた。

「昨日、智也が焼いたケーキだ。実家に帰るのに、手土産くらい持っていけよな」

「手土産なんて……考えもしなかった」

「これはお前がパティシエとしてしっかりやれてるって証拠だ。そんで、智也はパティスリー・パルトネールの大切なパティシエだから、菓子処ふくじゅには譲らないっていう俺の意思表示でもある。さ、渡してこい」

遥真に背中を押されて、智也は厨房にいる父に近づいた。腕を組んで椅子に座っている父は、確かに右足にギプスをしていた。

「父さん、これ、俺が焼いたんだ。みんなで食べて」

智也が紙袋を差し出すと、父は横を向いた。

「和菓子を裏切ったやつが作ったものなんぞ食わん」

「またそれか」

智也はため息をついた。父に渡すのは諦めようかと思ったとき、遥真が大股で近づいてきて、智也の父の前に立った。

「福寿《おとう》さん、智也は和菓子を裏切ってなんかいません」

「何だと⁉」

父はじろりと遥真を見た。厳《いか》つい中年男性に睨まれても、遥真はひるむことなく言う。

「これは小豆のシフォンケーキです。ほかにも抹茶と餡子のムースとか、きな粉のプリンとか、和菓子の素材を活かしたスイーツを作らせたら、智也に敵《かな》うパティシエはいません。智也は和菓子を裏切ったんじゃなく、洋菓子と融合させたんです」

遥真が誇らしげな表情になり、智也は口元が勝手に緩むのを抑えられなかった。

尚也が「なるほど」と言って、遥真と智也に近づいた。

「確かにそうだね。父さん、智也の仕事の成果を、ふくじゅを代表して俺が受け取るよ」

尚也は智也の手から紙袋を受け取った。

「シフォンケーキなんて、もうずっと食べてないな。父さん、何なら今からいただく？」

尚也に視線を向けられ、父は仏頂面《ぶっちょうづら》をする。

「もうすぐ開店だ。お客様を待たせるわけにはいかん」

そう言って椅子に掴まりながら立ち上がった。智也に背を向けて、ぼそりと言う。

「だから、仕事が終わってから、食べてやる」

父の言葉を聞いた瞬間、智也は目の奥がじわり、と熱くなった。

「父さん……っ」

「……せいぜい、がんばれ」

「あ、ありがとう、父さん！」

父の後ろ姿が頷いた。母が今にも泣き出しそうな顔で智也と遥真を見る。

「智也、あの、山﨑さんも、もし待っててくださるなら、夜ご飯を一緒にどうかしら？」

母の誘いは嬉しいが、智也には戻らねばならない場所、いや、戻りたい場所がある。

「母さん。嬉しいお誘いだけど、俺たち明日の準備があるから、今日はこれで帰るよ」

「そうなの……。残念だけど、仕方ないわね。あなたも立派な職人だものね。体に気をつけてがんばってね。またいつでも訪ねておいで」

名残惜しそうにする母、慌ただしく開店準備を再開する父と兄に暇《いとま》を告げて、智也は遥真と一緒にふくじゅを後にした。駅に向かって歩きながら、智也は口を開く。

「あの、遥真、俺だけ家族と和解してごめん」

「なんで謝るんだよ。よかったじゃないか」

「そうだけど、でも、遥真はまだお父さんと……」

智也は申し訳ない気持ちでチラリと遥真を見た。遥真はニッと笑う。

「俺のことはいい。俺は、これで智也は心置きなくパルトネールの仕事に集中できるし、今まで以上においしいスイーツを作ってくれるだろうって自己中なことしか考えてない」

だから気に病むな、と遥真は豪快に笑った。

「……遥真は優しいね。ありがとう」

「おいおい、俺はふくじゅなんかに智也をやるかって気持ちで来ただけだってば」

そう嘯《うそぶ》きながらも、家族との和解を取り持ってくれたのは遥真だ。

智也は胸を熱くしながら言う。

「遥真がお父さんと和解できるように、俺もいつでも力になるから」

「心強いな。でも、うちのお偉い弁護士先生《おやじ》は超絶頭が固いからな〜。なかなか難しいだろうな」

「遥真……」

智也はやるせない思いで足を止めた。遥真が気づいて立ち止まる。

「それより道具はパティシエの大切な相棒だろ。安易に人に使わせようとするなよな」

遥真に不満顔で言われて、智也はバツが悪い思いで首を縮込めた。

「あ……うん、そうだよね」

「俺は大切な相棒を誰かに貸したり譲ったりしないぞ」

遥真は言うなり歩き出した。その広く頼もしい背中に、またもや救われた。

(でも、遥真には助けてもらってばかりだ。俺は遥真の役に立ててるのかな……?)

不安になりかけたそのとき、数歩先で遥真が立ち止まって振り返った。

「パルトネールはお前がいないと成り立たないんだからな。早く来いよ、相棒」

ぶっきらぼうな口調ながら、温かい言葉。

大切な道具、大切な人。どちらも欠かせない相棒《パルトネール》。

「待って!」

智也は遥真に追いつこうと駆け出した。空はいつの間にか清々《すがすが》しく晴れていた。

歳の離れたちぐはぐ相棒

桔梗楓

なんとなく小中高と大学を卒業して、なんとなく就職した。

僕——明田心呂《あきたこころ》は、人生という川の流れに身を任せ続けて、今年で二十九になる。

『明田、おまえは来年三十になるんだぞ。もっとしっかりしてくれ』

上司にいつも、そう注意される。

注意力散漫。同じミスを何度となく繰り返してしまう、僕の悪いところ。

『心呂くん、またぼーっとしてたよ。大丈夫？　私たち、来年結婚するんでしょ？』

社内恋愛中の恋人、佐神《さがみ》にもよく心配される。

彼女のことは大切に思っているし、結婚もしたいけれど、この僕が将来子供を育てるという姿は、いまひとつ想像できない。

ある日、そんな僕を上司が呼び出した。またミスをしたのだろうかと思ったけれど、用件はそうじゃなかった。

上司の隣に、見慣れない男性が立っている。

僕よりずっと年上のおじさんだった。ムスッとして、愛想の良さがカケラほどもない。

「営業部で中途採用した社員だ。ほれ、挨拶」

上司が男性を促す。彼は僕に向かってぺこりと頭を下げた。

「池尾義一《いけおよしかず》です」

「あ、どうも初めまして。僕は明田心呂です」

「明田、今日からしばらくの間、池尾とペアを組め。先輩として池尾を指導するんだぞ」

「僕が……ですか？」

目を丸くする。もっとしっかりした人に頼んだほうがいいはずなのに、なんで僕？

「見積り書、覚書《おぼえがき》の作り方、契約書の取り交わし、経費請求の手続き。そういう仕事の基礎を教えるだけでいいんだよ。じゃあ、よろしくな」

言うだけ言って、上司は去っていく。僕は困り果てた顔で、池尾さんを見た。

「あの……池尾さん。いきなり不躾《ぶしつけ》な質問ですが、年齢はおいくつなんでしょう」

「池尾でいいですよ。今年でちょうど五十になります」

「ごじゅう……ですか」

僕より二十一も上の後輩ができてしまった。めちゃくちゃ困る。

しかし上司に『無理です』と言う勇気はもちろんないので、この年上すぎる後輩、池尾さんに、仕事のノウハウを教えなければならない。

「ええと、じゃあまずは……、ちょうど経費を請求したいレシートがありますので、やり方を教えますね。まずはこの紙に、経費の内容を書きます」

自分のデスクに戻ると、引き出しから用紙を取り出し、ボールペンで内容を書く。池尾さんは、くそ真面目《まじめ》な顔をして僕の汚い字を見つめている。

「毎月二十日が、その月の経費の締め日です。あとから古いレシートが見つかっても経費は落ちませんので気を付けてくださいね」

自分が何度かやらかしたミスを注意すると、池尾さんは素直に「はい」と返事した。

「紙に書いたら、レシートをホチキスで留めます。じゃあ経理課に行きましょう」

僕は営業部を出て、階段を下りる。後ろを見ると、池尾さんはやたらゆっくりした足取りでついてきた。まだおじいちゃんって歳じゃなさそうなのに、手すりを掴んで一段ずつ慎重に下りている。

「大丈夫ですか？」

「大丈夫です」

池尾さんの返事はしっかりしていた。

経理課で経費請求の手続きを行う。特にミスはなかったようで、経理課の社員が手際よく処理してくれた。

「経費は、その月の給与と一緒にまとめて振り込まれます」

「わかりました」

池尾さんは懐からメモ帳を取り出して、一連の流れを記入した。僕と違って几帳面《きちょうめん》な性格みたいだ。僕はうっかりメモを取るのを忘れてしまって、あとになって悔やむことが多い。……ちょっとは見習わないとな。

「じゃあ営業部に戻りましょう」

僕は池尾さんを連れて経理課を出ようとした。

「こんな中途半端な時期に転職してくるなんて……」

「しかもあんな歳取ったオジサン。前の会社で何かやったんじゃない……？」

後ろからヒソヒソと、そんな会話が聞こえてきた。

「…………」

僕もちょっとは疑問に思ったけどさ。今、話すことじゃなくない？

少しムッとして階段を上る。さっきの会話、池尾さんの耳にも入っちゃったかな。チラッと後ろを見ると、彼はさっきと同じように手すりを掴んで、一段ずつ慎重に上っていた。その厳《いか》めしい顔からは、何の感情も読み取れなかった。

池尾さんが僕の後輩になって、二週間。

先輩として池尾さんの見本となり、彼をビシバシ鍛えているかというと、当然ながら僕にそんな指導力はなく。むしろ――。

「明田さん、この見積り書、工事費用の金額が間違っていますよ」

「えっ⁉　本当だ。ごめんなさい」

……後輩の池尾さんに、めちゃくちゃフォローされていた。

もし、この見積り書をお客さんに提示していたら、上司からまた大目玉を食らうところだった。僕はパソコンで修正して、プリントアウトし直す。

「頼りない先輩ですみません」

二十一歳も年上の『後輩』は、さぞかし不満だろうと思った。僕なんかじゃ、真面目に従う気にもならないだろう。

「いえ。頼りないなんて思っていませんよ」

でも、意外にも、池尾さんは首を横に振った。嘘を言ってるようには見えない。

「それより、差し出がましいかもしれませんが、もしかして明田さんは仕事のチェック作業が苦手なんじゃないですか？」

「確かに、何度もチェックしてるつもりなのに、小さいミスが絶えないんですよね」

「余計なお世話かもしれませんが、俺の前の職場でも、似たような人がいました。その人は、自分でチェック表を作ってデスクマットの下に敷いていましたよ」

「なるほど。チェック表ですか」

「工事費用の計算式とか、工賃表とか、そういうのも一緒に敷いていましたね」

それは便利かもしれない。僕はいちいちパソコンで、計算式や表を確認していたけど、デスクの透明マットの下に敷いておけば、その表を確認しながら見積り書が作れる。おまけにチェック表もあれば、確実に間違いは減るはずだ。

「ありがとうございます！　やってみます」

すると池尾さんはほんのりと笑顔になった……気がした。

「お役に立てたのなら、よかったです」

「あの、余計なことかもしれませんが、僕に敬語は使わなくていいですよ。年下ですし、名前も呼び捨てでお願いします」

「そういうわけにはいきません。それなら俺も、敬語抜きで呼び捨てにしてください」

「いやいやそんなのダメですよ。でも、そうだなあ……それなら」

僕はしばらく悩んだあと、ピンと閃いた。

「じゃあ、間を取って……池尾『くん』っていうのはどうかな」

池尾くんは目を丸くした。そしてぷっと噴き出す。

「この歳で『くん』付けされるとは思わなかった。何だか新鮮な気分だ。じゃあ俺も、明田くんと呼ばせてもらうよ」

こんなに役に立たない先輩なのに、嫌な顔ひとつせず、僕に合わせてくれる。池尾くんの懐の深さには、年齢相応と言おうか、五十歳の貫禄があった。

池尾くんとコンビを組んで、一ヶ月。

最初はとっつきにくい人かなと思っていたが、意外にも優しくて、気の合う人だった。けれども、僕はやはり先輩風を吹かせることはできなくて、逆に池尾くんに迷惑をかけてしまうことも多い。

この前も、僕の判断ミスで折角のお客さんを逃してしまうことがあった。でも池尾くんは上司を前に、僕を庇《かば》ってくれた。

「つい、横から口を出してしまい、商談を強引に進めてしまいました。私のミスです」

上司は、最初は怒っていたものの、池尾くんが頭を下げたことで溜飲を下げた。池尾くんは上司よりも年上なので、僕よりも叱りづらいのかもしれない。

「ごめん。また迷惑をかけたね」

休憩室で、僕は池尾くんに温かいコーヒーを渡す。

「君は若いんだし、そんなものだよ。お客の気持ちを読むなんて、ベテランでも難しい。それに今回のお客は、相見積りを多く取っていたようだしね」

「値段で勝負されると、ウチは苦しいね。工事の丁寧さには定評があるのになぁ」

「それをわかってくれるお客もいるよ。さくさく気持ちを切り替えて、次に行こう」

池尾くんは僕を励ますようにぽんぽんと背中を叩いてくれた。

迷惑かけてるのはこっちなのに、逆に元気をもらっちゃうなんて、本当に僕はできそこないの先輩だ。

「そうだね。あ、休憩が終わったら、次の商談のプレゼンボードを作るよ。池尾くんは見積り書をお願いできる？」

次の商談は、最近池尾くんがアポを取ったお客さんだ。

「いいけど、俺のお客のためにわざわざプレゼンボードを作ってくれるのか？」

「池尾くん初アポのお客さんだし、絶対成功させたいんだ。僕、営業トークは苦手だけど、プレゼンボードはわかりやすく見やすいって、結構好評を貰っているんだよ」

数字は取れないし、ミスも多いダメダメ営業の僕であるが、プレゼンボードだけは得意で、他の営業に頼まれることも多い。むしろそれで首が繋がっていると思う。

池尾くんは「あはは」と、屈託のない笑顔を見せた。

「うん、明田くんのプレゼンボードは、俺も好きだ。じゃあ是非、お願いするよ」

僕は「任せて！」と拳を握って、さっそく駆け足で営業部に戻る。すると、女子トイレの入り口からヒソヒソ声が聞こえた。普段ならスルーするところだけど『池尾さん』という言葉が聞こえたせいで、つい足を止めてしまう。

「あのおじさん、また明田さんにダメ出ししてるみたいだよ」

「中途採用のくせに偉そうだよね。明田さん可哀想《かわいそう》。後輩にいじめられるなんて」

――え？　何これ。池尾くんが陰口叩かれてるのか？

「嫌だよね〜。無駄に威圧感のある顔してるし、やりにくいったらないわ」

いやいや、彼、結構とっつきやすい性格してるよ。確かに厳めしい相貌だけど、別に無愛想ってわけじゃないし。それにダメ出しなんて、まったくの誤解だ。

僕がミスばかりしてるから、池尾くんがフォローしてくれているだけ。それなのに、彼のことよく知りもしないくせに、どうしてそんな陰口を叩くんだ。

僕はいつの間にか涙を浮かべていた。それが悔し涙だと気付くのに、時間はかからなかった。


「それはさ、もう、自分が頑張るしかないよ」

その日の夜、恋人の佐神に陰口の件を話したら、彼女は腕組みしてそう口にした。

「女子って『弱いほう』の肩を持ちたがるのよ。心呂くんは入社した当時から、こう……守りたくなるっていうか、母性本能くすぐるタイプだったからね」

「そ、そうだったんだ。つまりそれって、僕が頼りなく見えるってことだよね」

「そのとおり！」

びしっと断言されて、僕はショボンとへこむ。でも、優柔不断なところがある僕にとって、何でもはっきり言ってくれる佐神の存在はとてもありがたいのだ。

「だから、他人から心配されないくらい、心呂くんがしっかりした人間になったら、池尾さんが悪者扱いされることもなくなると思うよ」

なるほど、その通りだ。僕は池尾さんのために、もっと出来る男にならねばならない。

それに、僕は近いうちに佐神と結婚するのだ。いい加減、なあなあで生きるのは止《や》めにしないと。

僕はその日から、自分は変わってみせると心に決めた。


池尾くんが悪く言われるのは絶対に嫌だった僕は、ひとつひとつの仕事を丁寧にやることに集中した。彼からアドバイスされたことも全部導入して、書類仕事は二回チェックするクセをつけた。

最初は大変だと思っていたけど、慣れるのは早くて、僕の努力は目に見えて報われた。

上司に怒られる回数が減ったぶん、心に余裕ができた。すると、プレゼンボードの作成が前より早くなったし、苦手な営業も何とか人並みにできるようになってきた。嫌な感じのするコソコソ話も減った気がする。たぶん、佐神のアドバイスは間違ってなかったってことなんだろう。

でも、何よりも嬉しかったのは、誰よりも池尾くんが、僕の成長を喜んでくれたことだった。

たまに助言をくれるけど、僕に仕事の相談をもちかけたり、お昼に誘ってくれたりする回数が増えた。時々、どっちが先輩なんだと自分で自分に笑ってしまうが、人生で言えば彼のほうがずっと先輩なのだから、僕達の関係はこれくらいがちょうどいいのだろう。

そうして池尾くんと過ごす時間が増えて、僕はあることに気が付いた。

彼はいつも、左足をかばっている。

歩く時も左足を引きずっているし、外で食事を取る時には、座敷を断っていた。

僕は勇気を出して、昼食時に彼の足について訊ねてみた。

すると池尾くんはちょっと悲しそうな顔をして微笑む。

「元々心臓の持病があったんだけど、足も言うことを聞かなくなってね」

初めて会った時から彼は階段の上り下りがゆっくりだった。そういうことだったんだ。

「前の仕事は訪問販売だった。足を使ってナンボの仕事だったし、見積りのために住宅の屋根に登る必要もあって、この足じゃ続けられなくなったんだ」

こういう時、どういう顔をすればいいかわからない。素直に憐れんでいいのか、それとも元気よく励ましたほうがいいのか。どっちもダメな気がして、僕は俯いた。

「俺には娘がいて。あ、俺は離婚して、娘を引き取ったんだけど……家事とか、苦労かけたからさ、せめて大学まで行かせてやりたいんだ」

「それでウチに転職したんだね」

「そう。勉強は金がかかるからな。でも、娘にはできるだけ、選択肢の多い人生を与えたいんだ。俺みたいな失敗はさせたくないし、苦労もしてほしくない」

僕は、池尾くんのことをほとんど知らない。病気のこと、家庭のこと、彼はプライベートの話は誰にもしなかったから。

でも僕には話してくれた。彼にとって僕が、信頼に値する人間になったからだろうか。だとしたら嬉しい。僕は池尾くんの力になりたい。

彼にこれ以上負担をかけないように、もっと頑張らないと。

「じゃあ、午後の商談も張り切っていかないとね！」

「そうだな。明田くんのクロージングをバシッと決めて、今夜は祝い酒といきたい」

「お酒、お医者さんに止められてるんじゃなかった？」

「減らせって注意されてるだけだ！　ちょっとなら大丈夫……。ていうか、娘みたいなこと言うよな」

拗《す》ねた顔で言う池尾くんが面白くて、僕は思わず笑った。そうしたら池尾くんも楽しそうな顔をした。

持病があっても、足が言うことを聞かなくても、彼が大丈夫と言うのなら問題ない。僕は僕のできる範囲で彼を助けたら良いんだから。

そう思って、お昼を食べ終えてお店を出る。

「そうだ、池尾くん。お客さんから相見積りの話が出た時の対応についてだけど……」

話しながら後ろに顔を向ける。

すると、そこに池尾くんがいなかった。

「お客さん、大丈夫ですか⁉」

店の中から叫び声。慌てて戻ると、お店の入り口で池尾くんが膝をついていた。

苦しそうな顔をして、手で左胸を押さえている。

もしかして、心臓の持病が——。

「きゅ、救急車！」

僕は慌てながらも、スマホで救急車を呼ぶ。すると池尾くんが震える手でお店のドアに寄りかかりながら、ゆっくりと立ち上がった。

「だ、大丈夫だ。これはいつものやつで、じきに治まるやつだから」

「そんな青ざめた顔で言っても何の説得力もないよ。いいから病院に行って！」

「でも、これから大事な商談だろ。明田くん、不安がっていたじゃないか」

蒼白の顔色で、池尾くんは心配そうに僕を見上げる。

——そう、僕は今まで、ひとりで商談をまとめたことがない。

入社してからずっと先輩の下についていたし、池尾くんが来てからは、彼とふたりでやっていた。僕はどうにも頼りなく見えるようで、大事な契約を前に、お客さんが不安になってしまうのだ。

けれども、ここで頑張らなきゃ意味がない。意地を張らなきゃ、僕は——。

……彼の『相棒』とは言えなくなる。

「大丈夫。心配しないで」

僕は不安を押し殺して、励ますように池尾くんの手を握りしめる。

「商談は僕がササッとまとめてくるからさ。池尾くんは、身体を治すことだけ考えて」

「……明田くん」

僕の言葉に、池尾くんが驚いた顔をした。

「僕は、池尾くんからいろいろなアドバイスをもらってきた。だから問題ない。池尾くんのぶんも合わせて頑張ってくるからね。どーんと任せて！」

笑顔で自分の胸を叩くと、彼は何とも気の抜けた笑顔を見せてくれた。

「ははっ、いつの間にやらそんなふうに、かっこいいこと言えるようになったんだな」

まるで息子の成長を見守る親のような顔。

僕は、少しでも頼れる先輩になれただろうか。最初に出会った時よりも、大きくなれただろうか。その答えを、次の商談で証明してみせる。

救急車のサイレンが近づいてきた。僕は担架で運ばれる池尾くんを見送ると、ネクタイをきゅっと整えて、午後の商談先へと向かった。

大丈夫、心配ない。

ずっと頑張ってきたじゃないか。最初は池尾くんが悪く言われないために。そのうち、自分がより成長するためにと目標が変わっていった。

今は……池尾くんと肩を並べても遜色がないようになりたい。二十一歳差のちぐはぐコンビだけど、いつか営業部で最強と言われたい、なんてね。

だからここが頑張りどころなんだ。彼をガッカリさせないために、僕は彼の先輩として、相棒として、絶対にやり遂げてみせる。

池尾くんは一週間入院した。心臓の持病はもちろんだけど、足の病気も悪化していたようで、ガッチリみっちり治療された池尾くんは退院後、頬がちょっとコケていた。

「酒は当分禁止だ。病院食ってすごいよな。一週間で五キロも痩せたよ」

「私からしたら羨ましい話です！　退院おめでとうございます！」

今日は池尾くんの復活祝いと僕の受注祝いを兼ねた飲み会で、賑やかし役に佐神を呼んだ。彼女は根が明るいので、すぐに池尾くんと意気投合して仲良くなった。

「明田くん、無事にひとりでクロージングをまとめられたんだな」

「へへへ、めちゃくちゃ緊張したけど、うまくいってよかったよ」

「でも、ちょっと値引きしすぎだろ。客の言いなりになって安くするのはよくないぞ」

「うう、それは言わない約束だよ！」

実は契約は取れたものの、採算的にはギリギリな契約なのだった。僕はまだまだだってことだ。営業部最強コンビへの道のりは遠い。

僕と池尾くんのやりとりを、佐神がビールを飲みながらのんびり見守る。

「私の部署で、ふたりのことを憶測で悪く言う人たちがいましたが……今はすっかりなくなりました。まさに実力で黙らせたってやつですよね。だってふたりとも、すごく息がぴったりだもの」

ぱくっと枝豆を食べた彼女はちょっと羨ましそうに笑った。

「池尾さんと心呂くん、歳はちぐはぐなのに、まるで相棒みたい。持ちつ持たれつな関係で、憧れちゃいます」

「えっ、本当？　僕と池尾くん、そう見える⁉」

「待て待て、こんな若い相棒いらないよ」

色めき立つ僕と、困った顔をする池尾くん。

「そんな冷たいこと言わないでよ。へへ、相棒だって、池尾くん」

「嬉しそうに笑ってるんじゃない。こんなオッサン相手になにを喜んでんだか」

池尾くんはムスッとした顔をして、ウーロン茶を飲んだ。でも、その表情はまんざらでもない様子で、僕はどうしても嬉しさを隠しきれないのだった。

相棒の作り方

霜月りつ

「相棒を出しましょうよ！　相棒を！」

目の前で自分より年下の編集が、唾を飛ばしながら力説している。

初めての漫画の単行本《コミックス》を出して数日後、担当編集者が代わった。出版社側の都合で担当が代わることはよくあるが、なにもこのタイミングでなくても……と、正直、都築《つづき》十一郎《じゅういちろう》はがっかりした。

前の編集の今田とはそれほど気が合うということはなかったが、漫画の知識は豊富で指導は的確だった。いつも冷静で都築が熱くなると、ひやりと水をかけるようなこともあった。

それに比べて新しい編集の夏木《なつき》という青年は、名前の通り暑苦しい。打ち合わせをしている出版社の会議室は冷房が効いているはずなのだが、彼は鼻の頭に汗の粒を浮かべていた。

「先生の作品、『穢《けが》れ狩り』は単行本が出て人気があがってます。ここでもうひとつ、グンとUPさせたいんですが、それにはやはり魅力的な相棒ですよ！」

夏木はA４用紙に大きく「相棒」と書いて○をつけた。

「相棒と言っても……主人公が比較的なんでもできるキャラなので、あまり助太刀は必要ないっていうか……」

都築は小さな声で答えた。新キャラを出したくないという意志を込めてみたのだが、夏木には通じなかったようだ。

「そこですよ！　主人公が完璧すぎるっていうのもイマイチだと思うんです。なので相棒はなにもできず主人公の足をひっぱるキャラだとか！」

自分の主人公をイマイチと言われ、ちょっとむっとする。だから精いっぱいの反論をしてみた。

「……そんなキャラを相棒にしているメリットがわかりません」

「弱いけど精神的な支えになってるとか！」

しかし、夏木は気にせず身を乗り出した。

「でも、相棒というのはあくまで対等な関係なんじゃないんですか？　ええっと、たとえばルパンと次元《じげん》とか……」

「ルパンと次元！　いいですね！」

夏木は都築の牽制にも気づかずはしゃいでいる。

どうもこの人とは合わない気がする、と都築は胸の中で思った。なにしろ若い。多分、読んでいる漫画も年代が違う。それにこんなグイグイくる感じ……陽キャっていうんだっけ、ちょっと苦手だ……。

結局、この日の夏木との打ち合わせは相棒を出そうということだけで終わってしまった。どんな相棒にするのか、相棒の役目やストーリーへの関わらせ方は……そういうところまで話は進まなかった。


その後も夏木からはしょっちゅうメッセージや電話が来た。アイデア出しをしてくれるときもあるが、どうにも使えるものはなく、かえって混乱したりした。

夏木のアイデアはやはり最近の漫画からのものが多く、その辺りのギャップも感じてしまう。都築がちょっと昔の漫画の話を振ってもピンとこないようだった。

それに彼には打ち合わせは顔を見て、という信念があるらしく、よく直に会いたがった。都築はどちらかというと家にこもるのが好きなので断りたかったが、断るというのは了解よりもエネルギーが必要だった。

こうなると前の担当のそっけなさがありがたくも思える。今田は都築の方から連絡しないかぎり、メールも電話もくれなかったのだ。

そんな中、やっと原稿を完成させることができた。この原稿には夏木が言った相棒はまだ出ていないが仕方がない。

周りがみんなデジタルで作画している中、都築はいまだアナログで、紙にペンとインクで描いていた。仕上がった原稿は郵送してもいいのだが、そうすると到着は明日になる。どうせ都内だし買い物もあったので、都築は出版社まで自分で持ってきた。

今日は夏木がいないのは知っていたので、編集部の机の上に原稿を置いてすぐに退出した。心の底で夏木の不在にほっとしている自分がいた。

一階のロビーに降りたとき、灰色のつなぎを着た男が床を清掃していることに気づいた。同じ色の帽子をかぶり、マスクをしている。大きなブラシのついた丸いヘッドを回転させて水拭きする、ポリッシャーと呼ばれる機械を使っていた。都築は邪魔にならないように隅を通ろうとした。

「あれえ、都築センセじゃねえ？」

振り向いて驚いた。なんと、清掃用のポリッシャーを動かしていたのは三輪《みわ》だったのだ。

「み、三輪さん、こんなところでなにを」

「あ？　この格好を見て料理でもしてると思うか？」

三輪は都築が『穢れ狩り』を描くきっかけになった男だった。取材に行った神社で、本堂から出てきた彼を見て、主人公のイメージが決まったのだ。

あのときと同じ肩までの長い髪、整った顔に無精ひげ、ポリッシャーに寄りかかるようにして立っている様子もそのまま雑誌に載せてもいいくらいサマになっている。

「あの食堂でバイトしてたんじゃ」

「ああ、よっちゃん、な」

三輪は軽く肩をすくめた。

「あそこ息子が戻ってきてさ、店をリフォームしたんだよ。俺としてはあの店の飯と同じくらい雰囲気が好きだったんで……残念ながらやめさせてもらった」

「ああ……」

都築も三輪がバイトしていた食堂の、昭和の忘れ物のような雰囲気が好きだったので気持ちはわかった。

「今はなにか仕事探しながら清掃会社でバイトしてる。ここは俺の担当物件。センセイは今日は打ち合わせか？」

「いや、僕は原稿を届けに……」

答えながら都築は三輪と話したくなった。なにせ自分の漫画のキャラクターのような人物だ。

「あの、三輪さん……。少しお話しできませんか？」

人見知りの自分にしては思い切ったせりふだった。

「お、お仕事が忙しいならけっこうですが……」

だが言葉は尻すぼみになってしまう。

三輪はちょっと首をかしげ、壁の時計をちらりと見た。

「おう、いいぜ。ちょうど休憩の時間だしさ」

都築と三輪はロビーにある自動販売機で缶コーヒーを買った。都築は三輪の分を出すと言ったのだが、三輪は笑って硬貨をつっこんだ。

冷えた缶コーヒーを持ち二人で外へ出たが、あいにく座って話すようなベンチなどはない。だが、三輪は歩道のガードレールにひょいと腰を下ろした。

「どうしたんだよ、情けない顔をして。単行本売れてねえのか」

三輪は正面に立つ都築を見上げ、ズケズケ言う。

「俺、時々雑誌も読んでるぜ、拾いものだけど。面白いよな」

利益にはつながらないがありがたいことだ。

「――実は、単行本のあと、編集が代わりまして」

都築は三輪に今の若い担当の話をした。話、というよりはグチになってしまう。

「どうも性格的に……あわない気がして」

「なに言ってんだよ」

三輪はコーヒーをグビリとあおる。

「編集ってのは仕事の相手だろ？　友達とは違う。気があわなくても仕方ねえ」

「でも漫画家と編集はそれこそ相棒ですよ。二人三脚で一緒に作品を作っていかなきゃならないのに、気があわないと足並みが揃わないじゃないですか」

自分でもうまいこと言ったな、と思った。三輪がくすりと笑ったからだ。だが、

「俺にはおまえが二人三脚の足を踏み出していないように見えるけどな」

その笑顔のままで三輪が言った。

「え……？」

三輪はコーヒーの缶をパキパキと手でつぶした。

「さっき俺が使ってたポリッシャーさ、あれ、最初はブラシの回転に振り回されてしまうんだ」

両手を伸ばしてポリッシャーを操作するまねをする。

「でもそのうちコツもわかる。ハンドルをそっと上下させて軽くあとをついていくようにすると、思う方向に動いてくれるんだよ」

「はあ……」

三輪の話は唐突で、都築にはよくわからない。ポリッシャーなど使うこともないだろうし、なぜそんなことを言い出すのか。

とまどっている都築の顔を見て、三輪はにやりと笑った。

「ま、そういうこった。じゃあ、俺、休憩終わりだから」

「あ、三輪さん……！」

都築は立ち上がった三輪を思わず呼び止めていた。なにか言いたかったのだがなにを言えばいいのかわからない。そんな都築の口から出たのは自分でも思っていなかった言葉だった。

「あの、三輪さんの相棒って……いるんですか？」

三輪は足を止め、振り向いた。

「相棒か……そうだな」

三輪はすうっと片腕を上に上げた。

「まあ強いて言えばあれかな」

三輪の指が天を差す。都築は首を上に向けた。

青空にぽっかりと浮かんでいるのは――。

「雲……？」

首を戻したときには、もう三輪の姿はなかった。

都築は大きくため息をついてガードレールに尻を乗せた。

強い日差しがうつむいた都築の足下に黒い影を作る。そこを蟻《あり》が列を作って這っていた。アスファルトの歩道には餌なんてないだろうに、蟻の列は長く長くとぎれなく、はっきりとした目的を持って進んでいるようだった。


再び打ち合わせの日が来た。

家の近くのファミレスに入り、四人掛けの席に座る。

原稿を渡したせいか、夏木はやる気に燃えている。いつにもましてテンションが高い。

「先生、原稿ありがとうございました！　今回も面白かったです！　感動しました！」

「夏木さん、ネーム読んでますよね？」

「もちろんです！　でも完成原稿になるとまた違います、それに三ページ目の下のほうのコマ、一三ページ目の冒頭、演出変えましたよね。ぐっとよくなってます！」

「……」

驚いた。ほんの小さな変更だったが夏木は気がついたのだ。前の編集はネームから多少変えても気にはしなかった。

都築はドリンクバーから夏木が入れてきてくれたアイスコーヒーをすすった。口の中に冷たい苦味が広がったとき、先日の三輪の言葉が思い浮かんだ。

——俺にはおまえが二人三脚の足を踏み出していないように見えるけどな。

夏木は都築の前にA4用紙の束を出した。なにかいろいろな絵のコピーらしい。

「ええっとですね、この前から話している相棒のことなんですけど！」

——ハンドルをそっと上下させて軽くあとをついていくようにすると、思う方向に動いてくれるんだよ。

ポリッシャー。振り回される。

それってもしかしてうまく編集に対応できない自分のことだろうか。

「都築先生、俺いろいろ考えてきました！　まず、古今東西、いろんなメディアの相棒を書き出してみたんです。手に入るものはコピーもしてきました！」

普段の都築なら夏木の勢いに「ああ、そうですか」と小さく答えるだろう。年若い彼の勢いに乗せられてはいけないという変な身構えがあったせいかもしれない。だけどここは——彼がポリッシャーだとして——。

「すごいですね！　楽しみです！」

都築は精一杯の大声を出した。それに夏木は一瞬驚いたように目を見張ったが、すぐに、大きな笑顔になり、ガサガサと用紙を散らかしだした。

「まずは古いところで名作『巨人の星』から星飛雄馬《ほしひゅうま》と伴宙太《ばんちゅうた》！」

「古いですね！」

「新しいのもあります！　『進撃の巨人』からリヴァイとエルヴィン！」

「ちょっと待ってください！　リヴァイの相棒ならハンジでしょう！」

「いや！　エルヴィンです、ここは譲れません！」

やたらテンション高く「！」ばかりの会話を続けて、お互い息切れしてきた。

背もたれに背中を置いて大きく息をつく都築に、夏木はアイスコーヒーのおかわりを持ってきてくれた。

「ありがとう……」

「いいえ」

やがて夏木がぽつりと言った。

「俺、都築先生の担当になれてすごく嬉しいんです」

「え……？」

「先生のデビュー作、読んでました。大学生のときです。初めて入ったラーメン屋に置いてあった雑誌で……」

「あ、ああ。そうなの」

「俺、その頃実家との関係がうまく行ってなくて、ほとんど家に帰ってなかったんです。でも、先生の漫画を読んだら泣けてきて――」

デビュー作は親子の話だった。早くに死んだ父と、自分を応援してくれた母のことを描いた地味な話だ。

「俺も頭ごなしに否定すんじゃなくて、話を聞いてみようと思って……ある意味、俺は先生の漫画に救われました。母親がそれから死んでしまったので、その前に和解できたんです」

「それは……」

自分のことを描いた作品が他人の人生を変えるなんてこと、漫画の中ではよくある話なのに実際あるなんて驚いた。

「俺、先生の絵も世界観もすごく好きで、二作目の『銀河《ぎんが》放浪《ほうろう》』なんて、ああ、この漫画をずっと読んでいたいと思いました。先生が描かれなくなってから、ずっと心配していたんです。でもすごい新連載で帰ってきてくれた……」

夏木の顔が赤くなっている。

「俺、先生の担当になれて、泣いたんです」

「……夏木さん」

今までのテンション高い彼とまったく違う様子に都築は驚いた。いやそれよりデビュー作を知ってたって？　評判のよくなかった二作目も？

「実は前の担当の今田から、都築先生はあまり感情を表に出さない方だから、自分からどんどん盛り上げないと話が続かないぞって言われていたんです。……あの、俺のやり方あってましたか？」

申し訳なさそうな夏木の顔を見て、都築は思わず吹き出していた。

なんだこれなんだこれなんだこれ。

笑いが止められない。

若いから、熱血だから合わないと、自分から壁を作っていた。

相手のことを知ろうともしなかった。

ちゃんと見ていれば彼が自分の作品を好きだということもわかったのに。

高く高く壁を築き、手を差しのべようとしてくれた人を拒んでいた。

自分が情けなくて笑いしかでない。

「先生……？」

肩を震わせる都築に夏木が心配そうに声をかける。

「ごめん」

都築は笑いを抑えて頭を下げた。

「え？　なんですか」

「いや、その……相棒の資料、もっと見せてください」

「はいっ！」

そのあといろいろな相棒のパターンを見て、どうやって相棒になったのか、魅せ方はどうするのか話し合った。

前に夏木が言った、役に立たないやつを相棒にするアイデア。なぜ役に立たないのに相棒にしているのか、逆に考えてみる。

二人の関係は、力バランスは、過去は――。

話しているうちに都築には見えた。設定が、ストーリーが。

二人の口から語られる言葉が、きらきらと光って螺旋《らせん》を描き、美しい三角錐を作っていくようなイメージ。

ファミレスの散らかったテーブルの上に、今、世界が生まれていくのだ。

『穢れ狩り』に誕生した新しい相棒は、読者にも好評だった。役立たずの彼は、最初は確かに嫌われたが、バナナの皮をむくように、良さが現れていくにつれ、好感度があがった。

二人の掛け合いで性格も世界も広がった。なにより――女性ファンが増えた。都築の作品にはついぞなかったことだ。

「夏木とはうまくいっているみたいでよかったですね」

原稿を届けに出版社にきたとき、廊下で前の担当、今田とすれ違った。最初は黙礼だけして通り過ぎようと思っていたのに、向こうの方から話しかけてきた。

「は、はい。まあ」

まだビクついてしまう。今田には『穢れ狩り』以前の作品はいつもダメだしされていたので、身構えてしまうくせがついていた。

「話も面白くなったね」

「今田さんがきちんとレールを敷いておいてくれたからですよ」

でも、そう返すほどには大人になっている。

「私は都築さんの良さをあまり引き出せなかったようです。これからも頑張って下さい」

今田は相変わらずクールだ。

「……ちょっと妬《や》けますよ」

通り過ぎた彼の言葉は幻聴だったろうか？

都築は前の担当の背中に向かって頭を下げた。なんのかんの、見捨てずネームを見てくれたのは彼だ。

今田ともっともっと話をしておけばよかった。二人三脚の足を踏み出せなかったのは自分なのだ。

「ありがとうございました……！」


原稿を渡してロビーに降りるとぴかぴかのフロア。三輪が毎日掃除をしている床だ。

「そうだ、今度夏木さんにフロアの清掃会社のことを聞こう。三輪さんにお礼をしたい」

外へ出ると、夏の熱気が重さを感じさせるほどだ。降り注ぐなんて生やさしいものじゃない、貫くだ。

見上げた空には雲ひとつない。

「三輪さんも雲が相棒なんてバカなことを言うなあ」

ひとつ呟《つぶや》いて歩き出す。地下鉄の駅に向かっていると、急に湿った風に髪を吹かれた。

「あれ？」

顔をあげるとぽつんと頬に水を感じた。さっきまで快晴だった空の真ん中に小さな黒い雲が湧いている。

「え？」

どしゃん！　とバケツの水をひっくり返したような雨が都築を襲った。

「ええーっ！」

周りを見ると道路を挟んだ向こうは晴れている。

「うっそ……」

自分の周辺だけ雨が降っている。まさか天が三輪の悪口に怒ったんじゃあ……？

都築は雨の真ん中で呆然と空を見上げていた。

二億円の贈り物

朝来みゆか

ゴールデンウィークが終わり、社内には静けさが戻ってきた。

相棒の龍成《りゅうせい》が筋トレをする横で、拓海《たくみ》はノートパソコンをにらみ、イベント集金の報告書を書いている。九割五分まで進めたところで、軽いノックの音がした。

「失礼しまーす。龍成くんは……あ、いたいた。はい、定期便届いてましたよ」

「はいはーい。ありがとね」

がさがさと小包を開ける音をBGMに、拓海は集中して残りを仕上げた。

「拓海さん、見てこの服。今回もすっごい俺好み」

振り返ると、真新しいパーカーを着た龍成がにかっと笑っていた。明るい黄色に大きく英字プリントが施されたデザインは、他の人間にはなかなか着こなせるものではない。

「通販か」

「どうなんすかね？　お金は払ってないんすよ」

「……延滞するなよ。ブラックリストに載るぞ」

「だっていくらかわからないんす」

「定期購入を契約した覚えは？」

「いやー、いわゆるあしながお姉さんなんすよね。毎月十日に、タダでプレゼントしてくれるんですよ。着飾った俺をそのうち社交界にデビューさせてくれるのかなー、なんて」

嫌な予感がした。相棒がおかしなことに巻き込まれている、という予感。

「匿名なのか？」

「名前は書いてありますよ。でも覚えがないんすよねー……」

拓海は紙袋を拾い上げた。少額の切手が複数枚貼られている。消印は東京中央郵便局。太めの油性ペンで「千早龍成様《ちはや》」と書いてある一方で、送り主らしい「杏奈《あんな》」の字は細く弱々しい。本名であれば社内には該当者なし。そもそも社内の人間なら、郵便局を通すはずがない。差出人の郵便番号をネットで調べると、どうやら私書箱センターのようだ。

「毎月届くのか」

「3号警備班《ここ》に異動してしばらくしてから始まって、月一回っす。まぁ多分、居酒屋かカラオケで話した子だと思うんで心配しないでください」

「一度話した相手をお前が忘れるとは思えない。SNSは？　杏奈というハンドルネームに見覚えは？」

「えー、どうすかね。俺、アカウント作った後、面倒になって放置しちゃうんで……」

社交的に見えて、デジタル分野ではまめじゃない。とすれば可能性はある。

「他にどんなものを受け取った？」

「ん〜……服は何度か。いつもサイズぴったり、好みど真ん中で。あと食べ物も」

「食べたのか」

「捨てたらもったいないお化けが出ますよ？　幻の肉そぼろとか、じゃがいもラーメンとか、たんぱく質がしっかり摂れるスープセットとか、どれも激うまだったんすから」

「もう一度聞く。親でも親戚でも同級生でもないんだな？　今後は受け取り拒否しろ」

「えー、なんで」

「勝手に荷物を送りつけてきて、後から高額な料金を請求するケースはよくある」

「さすが法学部出身っすね」

「常識だろう。お前の警戒心がなさすぎなんだ。警備員のくせに」

「見捨てないでくださいよー」

「私書箱からの荷物は受け取り拒否。郵便仕分けの奴に言ってこい。今すぐ」

「……でももらってあげなかったら杏奈ちゃん傷ついちゃうかも……」

ごちゃごちゃ言いながら部屋を出ていく。

黄色いパーカーは確かによく似合っている。龍成を思い、龍成のために選んだ一着。

そんな感じだ。

何度か月が替わり、夏も盛りを過ぎた。杏奈の一件を忘れていた頃。

「また来ちゃいました、プレゼント」

申し訳なさそうに龍成が差し出したのは、十五センチほどの人形だった。

「……これって」

困惑する拓海の後ろから、「何そのフィギュア、よくできてる」と弾んだ声が聞こえた。

「……光瀬《みつせ》さん」

「おっ、光瀬さんこういうの詳しいすか？　何かのアニメキャラですかね？」

「いや、オリジナルに見える。警備服の色塗りは丁寧だけど……。触ってもいい？」

光瀬の声が呼び水になり、３号警備班のメンバーが集まってきた。

「なんだー？　またうちの会社、変なもん作りやがって」

「ノベルティじゃないよ。……うん、おそらく素人の自作だね。量産品ではないし」

「そうなのか。でもこれ加曽利《かそり》にそっくりじゃね？」

「僕もそう思う。どうしたの、加曽利くんがオーダーして作ってもらったの？」

光瀬の相棒である鈴木《すずき》と、班長がそろって言い、拓海は答えに窮した。

知りません、と突っぱねればいい。だって本当に身に覚えがない。

でも――。３号警備班の制服。この人形はきっと、拓海をモデルに作られた。

気味が悪い。部屋を出てトイレに向かうと、すぐに龍成が追いかけてきた。

「先輩、大丈夫すか」

「何がだ」

「気分悪いだろうなって……モデル料も取ってないのに、モデルにされて」

「今回も杏奈からか」

「はい」

洗面台の鏡に映る顔をにらみつける。杏奈を名乗る奴が自ら作ったのか、それとも別の人間に依頼したのか、いずれにしても拓海を人形として再現しようとした意図がわからない。龍成に送りつける理由も不明だ。何かのメッセージなのか。

服や食べ物という一般的なものから進んで、より龍成の懐に入り込もうとしているのか。

「あの、それでですね、今回、会社宛じゃなくて、寮の郵便受けに入ってました」

「……郵便局に連絡して、送り返せ」

「無理っすよ。消印も切手もない」

直接、届けに来たということか。

「防カメをチェックさせてもらおう。社員に対するつきまといとして報告すれば、許可が下りるはずだ」

「別にいいっす」

「は？」

「杏奈の正体を暴かなくても、俺、別に困ってないっす。誰かが俺のこと見てくれてて、応援してくれるんだと思ったらむしろ嬉しいっつうか」

「請求書が来ても？」

「払いますよ。俺のこと、ずっと喜ばせてくれてるんだから、そりゃ二億円とかは無理すけど、五万円くらいなら」

「……お前……」

「もしかして先輩、嫉妬してるんすか？　俺ばかりプレゼントもらうから」

あきれてものが言えない。

「俺は心広くありたいんで。誰からもらった服でも、気に入ったなら着ます」

「着るな」

「フィギュアももらっときます。枕元に飾りますよ」

「盗聴器が仕込まれてるかもしれない」

「分解して調べます」

「爆発するかも」

「先輩、どうしてそこまで警戒するんすか？」

「お前に危機感が足りないからだ。女だと思ってなめてないか？　送り主の名前が一郎なら、ほいほいと荷物開けたか？」

「一郎でも次郎でも勘三郎でもどんと来いですよ」

「発注していない謎の荷物が搬入されたとして、好みに合うから受け取るっていうのはおかしいだろう？」

「俺は無限会社俺なんで！　社則は俺が決めます」

気づけばお互いヒートアップしていた。あほかと思う。無限会社俺ってなんだよ。

実際には拓海と龍成は、株式会社平成《へいせい》セキュリティサポートの3号警備班に所属している。担当する業務は貴重品輸送。二人一組で任務に当たる。

拓海は龍成を信じている。的確な警備。正確な報告。大きな身体。龍成がいるから務めを果たせる。そして拓海がいるから、龍成も動けるはずだ。

「先輩は優しくされるのが怖いんすか？」

答えずに鏡から離れた。

嫌なのだ。好意の押しつけは、暴力と同じだ。

見えない場所から繰り出されてくる透明なパンチ。正体不明の相手に殴られて喜んでいる龍成を見ていると、わーっと叫びたくなる。

一ヶ月後の十日は公休となった。早朝、拓海は寮の一階に降りた。玄関ロビーに立ち、ドアの向こうを注視する。久しぶりの立哨《りっしょう》だ。

杏奈はどんな顔をしてやってくるのか。龍成に恨みがあり、いつか貶めてやろうと画策する人物。あるいは純粋に熱烈なファン。それでも毎月のプレゼント以外に接触してはこないのだから、節度を保っているともいえる。

空が明るくなるにつれ、表の通行人が増えてきた。バイクが続けざまに過ぎる。

夜勤明けの社員が戻り、日勤の社員が出てゆく。龍成が降りてきたときには、午前十時を大幅に過ぎていた。エレベータから降り、拓海の姿を見るなり敬礼する。

「拓海さん、早いっすね。ジョギングっすか？」

今日に限ってはそんな気分じゃない。

「俺、映画観てきます。なんか班長おすすめのアクションロマン大作。……先輩は？」

「引き続きここで見張る」

「え、それって……待ち伏せ？　俺のためっすよね……？」

「俺が嫌だからだ。杏奈の思惑をはっきりさせたい。お前は好きにすればいい」

「そんな風に言われて出かけられるわけないじゃないすか。俺も待ちますよ。その前に」

龍成が郵便受けの扉を開けた。

「今は何も入ってないっす」

二人で来訪者を見張ることにした。私服だからやや間抜けな感はある。制服が着たい。ヘルメットのない頭が涼しい。

「夜明け前から警戒しているが、建物に入ってきたのは新聞配達員と、夜勤明けの奴だけで、あやしい人物は見なかった」

「探偵か刑事にでもなった気分っすね。いや大丈夫っす。今んとこ警備員が天職だと思ってるんで」

「お前はいつも幸せそうだな」

こんな休日も悪くない。いつもは聞き流している龍成の話は、ちゃんと耳を傾ければなかなかおもしろい。

「先輩、どう思います？　杏奈ちゃん来ますかね？」

「今まで十日じゃない他の日に届いたことはあるのか？」

「ないっす。土日にかぶるとき以外は」

「じゃ、来るだろうな」

「そうっすね。どんな子かなー。ドキドキしてきた。なんて言えばいいんすかね？」

「勝手に送ってきたものに関して支払いは拒否します、だな」

「ええええ、それひどくないすか？　初対面すよ？　もっと他に」

「金銭の話は初めにきちんとしておかないと」

「先輩が家庭持ったら、財布の紐ぎっちり握るんすね……あっ」

「なんだ」

「俺、今までもらうばっかりで、まったくお返しを考えてませんっした」

「相手の顔も住む場所もわからないのに、お返しも何もないだろう」

「ああああどうしよ。俺、もらって当然だと思ってて。杏奈ちゃんみたいな定期は初めてっすけど、他にも単発でプレゼントならもらってたし」

「困るか自慢するかどっちかにしろ」

「いや、だって、俺ってサイテーって気づいちゃったんすよ？」

「あのな、勝手に好意を寄せてくる奴には無理に応えなくてもいい。向こうは渡せただけで満足なんだろう」

「杏奈ちゃん、どう思ってるんだろ。野球やってたときは、ヒットで返す、試合で活躍するから見てろ、みたいな気持ちだったりしたけど、今は応援してくれる子に何返せばいいんすかね」

「安心と安全。社会の秩序」

「ふわっとしすぎ〜」

雑談しながら届け物を待っていると、午前中はあっという間に過ぎた。

「昼はどうする」

「俺が見てるんで、先輩、なんか買ってきてもらえます？」

「お前が行ってこい」

「えー、俺がいない間に先輩が追い返しちゃったら、杏奈ちゃんの顔見るチャンス逃しちゃうじゃないすか」

下心を隠そうともしない。でもこれでいいのかもしれない。素性の知れない相手と、向き合う覚悟を決めたなら。

コンビニで肉まんを買って戻ると、ロビーに女が来ていた。争っている様子はないが、それでも気が急《せ》いて、自動ドアをこじ開けるように入る。

長い髪を一つにまとめた女がこちらを見て、頭を下げた。

薄い水色のスカートに黒い靴。短く切りそろえられた爪。年は三十を過ぎたくらいか。

派手ではないが、石鹸の香りが漂ってきそうな美人だ。

「先輩」

なぜか龍成は泣きそうな顔をしている。請求書を突きつけられたに違いない。

拓海は前に出た。

「失礼、私、千早の同僚の加曽利です。本日はどういったご用件で？」

「千早龍成さんにお届け物があって参りました。柳下季実子《やなぎしたきみこ》と申します」

受け取った名刺の隅々まで素早く視線を走らせる。

「何度か小包をいただいて我々が把握しているのは、別のお名前なのですが」

「ええ、その件についてご説明しようとしていたところでした。私、『ゆうゆうまほろばの園』に勤務しておりまして、いわゆる老人施設ですね。数ヶ月前から、ある入居者さんのご様子が変わられて……あまりにお力落としでいらっしゃるので事情を尋ねました」

続きを聞く前に思い至った。杏奈の正体は――施設に入居している老女。この女性ではないと知った結果が、あの顔だったのか。

「最初はなかなか口を開いてくださらなかったのですが、聞き出したところによると、匿名でプレゼントをしていた相手から受け取り拒否されてしまったそうなのです。どうして受け取ってくれなくなったのか、贈ったものが気に入らなかったのか、と悩んでおられました」

「先月、ここにいらっしゃったのも柳下さんですか」

「はい。丹精込めて作った作品を届けてほしいと頼まれました。寮の郵便受けに直接持ち込んだのは私の独断です」

「あのっ、どうして俺に？」

しばらく黙っていた龍成が口を開いた。

「俺、杏奈さんからいろいろもらえる理由がわからなくて……。どこで会った人なのかも思い出せなくて」

「それはご無理のないことと思います」

「えっ？」

「入居者さんのお名前は、杏奈さんではありませんから」


通学路の標識がある道を、柳下季実子は軽快な足取りで進んでゆく。

中央線の駅を降りて徒歩十五分、『ゆうゆうまほろばの園』の入り口で来訪者名簿に記名してもなお、拓海は一連の話を信じられずにいた。龍成だけで行かせたら、借金の保証人にさせられるかもしれないから同行している。

「ご足労ありがとうございます。お二人のお顔を見たら元気になること間違いなしです」

柳下が持ってきたプレゼントはまだ受け取っていない。本人に会った上で、直接受け取りたいと龍成が言ったからだ。

こちらへ、と柳下が案内してくれた。ある部屋のドアをノックし、スライドさせる。

「木村《きむら》さん、お客様ですよ」

「僕に？　誰だろう？」

その顔を見た途端、ざっと波音が響くように記憶がよみがえった。

かつて3号警備班に依頼してくれた顧客。名前は木村諭《さとし》。御年八十プラスアルファ。

大富豪の彼が、なぜこんな普通の施設にいるのか。そして。

彼が杏奈だったのか。

隣で龍成が固まっている。一郎でも次郎でも勘三郎でもどんと来いと言っていた威勢のよさはどこへやら、気に入って着ていた服の送り主が木村のじいさんだと知って複雑そうだ。

「千早くんに加曽利くんじゃないか。どうしたんだ今日は？　仕事かな？」

「いえ、ずっとプレゼントありがとうございます！　それを言いに来ました。俺、もらいっぱなしで、すいませんっした」

「……あれあれ、ばれてしまったのか。そうか。大切にしてきた絵を運んでもらったときに、千早くんに元気をもらったからね、若者への応援のつもりだったんだ。どうせなら女性の名前の方が……と思ったんだけど、余計な気を回したせいで迷惑をかけてしまったかな」

「いいえ、杏奈ちゃんってどんな子かなーって想像すんのは楽しかったっす」

「妻の名だよ」

僕は早くに息子を亡くし、妻にも先立たれてね――。松濤《しょうとう》の邸宅へ伺った際、木村はそう打ち明けた。使い切れないほどのお金を儲けて、成功者だと言われてもむなしくなるんだ。多分、人生を本当に豊かにしてくれるものは金品ではないんだろうね。妻と息子の思い出を握り締めて、残りの日々を誠実に生きようと思っている。でも、ただ暮らすだけで終わりたくはないね。まだ何かできるんじゃないか、次の世代に対して僕がしてやれることがあるんじゃないかと、考えているところなんだ。今回の寄贈はその一つだよ……。

複数の美術品を預かり、新しくオープンする美術館へと輸送する任務だった。

忘れてはいない。あの日の広い応接室、シャンデリアの光の下で語る木村の顔に落ちた影、湿り気を帯びた声。

今、白くこざっぱりしたこの部屋で、憑《つ》き物が落ちたような木村を見ていると、自分たちは絵画だけでなく、別の何かも一緒に運んだのかもしれないと思えてくる。

「ここで暮らしていることを知らせるつもりはなかったんだけどね」

「それは柳下さんが俺らの顔見たら喜ぶって……あ、いなくなってるし！」

「そうそう、ここでは時間はたっぷりあるから、特別な粘土を使って作ってみたんだ」

木村は手すりにつかまって立ち上がり、柳下が置いていった包みに手を伸ばし、よろめいた。すかさず龍成が支え、包みを手に取る。

「これっすか？」

「うん。開けてみて」

中にはまた警備員の人形が入っていた。制服を着た龍成だ。

「いやー、感激っす！　超カッケー俺！　ありがとうございます、先輩の人形とペアで大事にします……！」

「うん、大事にするといい。フィギュアじゃない。君のことを一生懸命考えてくれる人をだよ」

俺だ、と拓海は親指で示す。龍成のことを誰より考えている自信がある。

木村がゆっくりとベッドに座り、微笑んだ。

「また贈り物をしてもいいかな？　これは似合いそうだ、とパソコンでいろいろなものを買うのが楽しいんだ。ネットショッピングは時間を忘れるね」

「俺に似合うものがあったらお願いしゃす。もしよかったら、先輩にも」

「おい」

「もちろんだよ。それからね、最近は国内外の美術館や博物館の所蔵品をパソコンで見られるんだ。バーチャルツアーというらしい。これまた時間を忘れてしまう」

「便利っすね。木村さんが寄贈した絵も見られるんすか？」

「いいや、あの美術館はまだバーチャルツアーに対応していないようでね。でも僕が手放した絵を、誰かが見てくれていると思うと、自分の人生を肯定したくなる」

人生の先輩は微笑んだ。しわだらけの顔だ。でも次の世代への贈り物をした満足感で輝いている。新しい場所に飾られた絵画は、きっと誰かを喜ばせている。

拓海は目を伏せた。匿名でプレゼントを送ってくる奴は何か企んでいるに違いないと決めつけていた自分は、なんて小さな人間だろう。疑って、否定して、拒絶していた。

それでも、隣で笑う相棒がいるから。

明日も二人で運ぶ。誰かの大切なものを、損なわないように。

出来心

鳴海澪

ミルでコーヒー豆をごりごりと挽く手を止めて、武雄《たけお》は一度首を回した。

「電動のにしたらいいのに。大変でしょ？」

「手で挽くのがいいんだよ。だんだん香りが立ってくるのを味わうのが通だ」

「はいはい。手の運動にもなりますしね。ちょっと郵便受けを見てきますから」

笑いながら立ち上がった妻はマンションロビーにあるポストを見に部屋を出た。

警察を退職して三年、警備会社に再就職したものの週四日という勤務形態で、現役時代とは違い時間は充分にある。インスタントコーヒーを瓶から直接カップに振り入れ、電気ポットの湯を適当に注いでがぶ飲みしていたコーヒーも、こうしてゆっくりと味わうことができる。二人の子どもはそれぞれ独立し、今のところ心を煩わせることはない。

「……暇っちゃ暇だけどな」

仕事だけではなく少しずつ世間からリタイアしていく寂寥感と僅かな安堵を感じながら呟《つぶや》いた武雄はコーヒーの香りで鼻腔を満たした。

「あなた、郵便が来てますよ」

郵便物を手に戻ってきた妻が、封筒を差し出す。差出人の名に武雄は首を傾げた。

「中川美保《なかがわみほ》……誰だ？　知らん人だな」

「忘れただけじゃないですか？　よくあることですよ。私は庭の手入れをしてますね」

「庭じゃなくて、ベランダだぞ」

「はいはい。そうですね」

夫の言葉を聞き流した妻は、鍔広《つばひろ》の帽子を被ってベランダに出た。さほど広くもないベランダに花好きの妻がプランターを置き、季節ごとに器用に花を咲かせていた。

眩《まぶ》しさの混じった初夏の陽射しの下、千日紅《せんにちこう》や百日草《ひゃくにちそう》が鮮やかさを増している。花の手入れをする妻の丸い背中を見ながら、武雄は手紙の封を切った。

封筒の中から、折りたたんだ便箋と固く封をした白い封書が出てきた。住所のない表面に右肩上がりの文字で『三屋《みつや》武雄殿』と書かれてある。

「……誰だ？」

癖の強い文字に記憶が微かに蠢《うごめ》くのを感じながら、武雄は便箋を開いた。

――拝啓　三屋武雄様
突然のお手紙を失礼いたします。私は、三屋様と警察時代にご一緒させていただいた高田達巳《たかだたつみ》の娘です。

「あ……」

思わず声が洩れ、武雄は否応なく過去に引きずり込まれていった。

高校卒業後に警察学校を経てから配属された都下の交番で、武雄は新人警官としてのスタートを切った。所長、武雄、そして高田達巳の三人体制の交番で、高田は武雄より年齢は一回り年上だったが、警官のキャリアはまだ五年と浅かった。

「俺は中途採用だからさ、後輩ができるのがすごく嬉しいぞ。しかもこんな二枚目で。扱《しご》いて、いや、手取り足取り教えてやるからな。大船に乗った気持ちで俺についてこい」

眉の太い薩摩《さつま》藩士のような顔を綻ばせた高田は柔道の元国体選手で、一度は母校の体育教師になったと言う。

「どうして、転職したんですか？」

「そりゃ、おまえ、警察官が俺の天職だからだよ」

俺ってうまいこと言うなあ……と、自画自賛して高田は大声で笑う。

背も高く、がっちりした頑丈な身体で、大きな声とぎょろりとした目は威圧感がある。だが近隣の住民や子どもにはその目元を和らげ、明るい口調も警戒心を抱かせない。

「で、何を落としちゃったんですか？」

落とし物をしたと交番に来た松原《まつばら》という年配女性を椅子に座らせ、高田は尋ねる。

「ほら、アレよ。アレ」

「あれ……？　お財布ですか？」

「お財布はあるの。金運財布」

自分で編んだらしいレースのバッグから、松原は黄色い長財布を取り出して見せる。

「立派な財布ですね。お金はちゃんと入っていますか？」

「それは真っ先に確かめたの。ここへくる途中で何だったか忘れちゃったのよね……」

落としたものがわからないなら最初から交番に来る必要はないのではないかと武雄はつい思ってしまうが、高田は根気よく相手をする。

「どこへ行くつもりだったんですか？　買い物？」

「病院よ。近頃膝が痛くてね。診てもらおうかと思ったの」

「それは大変ですね……じゃあ、診察券とか、保険証とかじゃないですか？」

「あ！　それよ、それ。保険証」

「なるほどそれは気になりますね」

まるで見つかったように丸顔を綻ばせた松原に、高田は心から気遣う表情を見せた。

結局、保険証はバッグの底板の下から出て来たが、記憶を辿る松原の話は長く、家を出るときの準備から始まって、そこに行き着くまで優に一時間はかかった。

「傍で見てるだけで挫《くじ》けそうです」

松原が何度も頭を下げて帰っていったあと、武雄はついそう言ってしまう。

「気軽に相談できる警察っていうのが大事なんだぞ。それに人とうまく話せるようになれば、この先刑事になっても役に立つからな」

「そうですか？」

「聞き込みとか、取り調べの基本は話術だろう？　警官にとって話術っていうのは伝統芸みたいなものだ。今だって、あのご婦人は俺の語りにメロメロだった」

「……メロメロにして何かいいことがあるんですか？」

「もちろん。万が一事件があって、松原さんが目撃者になったとき、証言が取りやすい。ああ、高田さんなら信頼できるからなんでも聞いてってなるわけだよ」

「……はぁ……そんなうまい話があるんですかね……」

武雄は首を捻ったが、松原が高田にメロメロになったのは本当らしく、数日後、御礼の花を持って交番にやってきた。

「わざわざありがとう、松原さん。でも当たり前のことをしただけだし、公務員だからこういうのは受け取れないんですよ。気持ちだけいただきます」

「花だからいいじゃないの。家の庭に咲いてたんだし」

律儀に断る高田に松原が輪ゴムで無造作にくくった花束を押しつける。

「そうですね。せっかくだし、飾っておけば通りすがりの人も楽しめるから」

所長の取りなしにほっとしたように、高田は花を受け取った。

「菊かあ。風流ですね」

黄色や橙、白や薄い桃色と、かわいらしい花束は風流というより、賑やかだった。

「これは百日草。野仏じゃあるまいし、どうして御礼に菊なんて持ってくるのよ」

先日とは打って変わって元気になった松原が、孫でも叱るように言う。

「ひゃくにちそう？　へぇ……初めて聞きました。そうなんだ……」

少し照れたように頬を赤くして、彼はぺこりと頭を下げた。

「調べたところによると、百日草は菊の仲間だ、俺の言ったことは間違いではない」

数日後、安い居酒屋で焼酎のお湯割りを舐めるように飲みながら、高田は言う。

「そうなんですか？　そういえば似てますよね」

「そっくりだろ？　花が長持ちするから百日草っていうらしいぞ」

付け焼き刃の知識を披露しながら高田は何故か、武雄の後ろをさりげなく窺っている。

「どうかしましたか？　先輩」

「出るぞ――」

焼酎を半分以上残したまま、いきなり立ち上がった高田を武雄は慌てて追いかける。

「あいつを見失うなよ。三屋」

店を出るなり囁いた高田は顎で前を行く中年の男を示した。わけもわからず従う武雄は男の背中を見つめる。気配に気づき振り返った男がぎょっとしたように駆け出した。

「待て！　出水《いずみ》だろ！　わかってんだぞ！　逃げても無駄だぞ！」

叫びながら高田は猛ダッシュする。出水って誰だっけ？　と思いつつ武雄も必死に走る。こんなに走るなら酒を飲まなきゃよかったと、どうでもいいことを考える。

年齢は上でも元柔道選手の高田は武雄より足が速く、俊敏だった。酒に酔って蛇行しながら逃げる出水という男に追いつき、タックルをするように足に飛びついた。引き倒された出水は必死に抵抗し、高田の頭を加減もなく両手で殴る。

「加勢しろ、三屋！」

武雄は出水の頭のほうへ回り込み、なんとか出水の手を押さえようとしたが一瞬遅く、出水の右拳が高田の口元を直撃した。ばきっと重たい音がして、高田が仰《の》け反《ぞ》る。

「このやろう！　やりやがったな」

口元から血を流した高田のボルテージが上がり、その鬼気迫る形相に出水が怯んだ。

「俺は悪くないよ。何もしてないよ……飲んでただけで捕まえるのか？」

「何もない奴が逃げるかよ！　押さえろ！　三屋」

「はいっ！　先輩！」

今度は遠慮せずに、武雄は出水の顔にのしかかった。

「どうしてあの男が指名手配犯だってわかったんですか？」

「そりゃあ、この交番の壁に貼ってあるのを毎日見てるんだから嫌でも覚えるだろう」

腫れ上がった口元で人相が変わった高田が当たり前という調子で言う。

「……手配写真とは随分違ってましたよね」

「そりゃそうだ。向こうだって指名手配されてるのは百も承知だから、あの手この手で人相を変えてくる。でもな、整形でもしない限りはそう変わらない部分があるんだよ」

高田は自分の耳を摘む。

「耳の位置とか形は変わらない。痩せても肥っても同じ場所に同じ形でくっついている」

「耳ですか……耳ってそんなに特徴ありますかねえ……」

「特徴だらけだ。耳朶《みみたぶ》だって、尖ってたり丸かったりな。よく見とけよ」

「わかりました。でも交番勤務で、犯人と格闘するなんて思いませんでした」

「警察なんだからどこだって同じだろう？　より市民と犯罪に近いのはここだぞ」

「それはわかります。でも担当の地域にいる人を疑うっていうのが馴れてなくて」

「その気持ちは俺にもある。でもな、昨日の出水みたいに、とんでもないことをしているのに、俺は悪くないっていう奴がいるのもまた事実なんだよ……残念だけどな」

「……そうですね。出来心ですっていうのもよく聞きますね」

「ほんとにな。出来心だから許してください、ごめんなさいってのも、常套句だ。俺のじいさんがよく言ってたっけ、ごめんなさいで済めば警察はいらないってさ」

「現実味のある言葉ですね」

「そうだよな。でも、捕まえたところで、被害者の気持ちが全部晴れるわけじゃないってことも警察にいると身に染みるんだよな……謝れば終わりなのか？　こんなことをした奴を許さなくちゃならないのかって」

「それは正直、僕も思いました」

罪を犯した者には償わせなくてはならない。けれどそれで傷ついた人の心が完全に癒えるわけではないということを、武雄は強く感じるようになっていた。


非番の日、武雄は管轄外の蕎麦屋に自転車で向かった。非番だからどこで何を食べようといいのだが、なんとなく知っている人に見られたくないという気持ちだった。

暖簾《のれん》を潜ったとき、まばらに埋まった座席の奥で蕎麦を手繰る高田の姿が見えた。

「あれ？　今日は出番ですよね。こんなところでどうしたんですか？」

周囲に聞こえないように小声で尋ねた武雄を高田がぎょろっとした目で見あげた。その目の鋭さと、怒りに似た暗い色に武雄は僅かにたじろぐ。

近頃高田は、ときどきこんな顔をして武雄を見る。

「決まってんだろう。聞き込みだよ。最近ここで、でかいヤマがあっただろう」

「ここはうちの管轄じゃないじゃないですか。パトロールはどうしたんですか？」

「うるせぇな。決まり切ったことやってても、手柄にならないだろうが。俺は出世するんだ。おまえみたいなサラリーマン警官で満足してる甘ちゃんと一緒にするな」

叩きつけるように言った高田の言葉には武雄の呼吸を奪う凄みがあった。

「……あ……先輩ならきっと大丈夫です。出世できますよ。俺が保証します」

「なにが保証しますだ――適当なこと言いやがって」

思いつくままにとりあえずそう言った武雄に吐き捨てた高田は、あっけに取られる武雄を残して店を出ていった。棘《とげ》のある高田の口調と態度に気が鬱《ふさ》ぐ。そのまま味もわからずに蕎麦を食べた翌々日、武雄は厳しい顔をした所長に呼ばれた。

「おまえ、この前の非番の日の昼間、何をしていた？」

「はぁ……昼でしたら隣の町まで足を延ばして蕎麦を食べていました。それが何か？」

「おまえが非番の日、十二時頃ひったくり被害にあったって、松原さんが来たんだよ」

保険証を無くしたと言って交番に来た年配の女性の顔がすぐに浮かぶ。

「彼女が言うには犯人は若い男で、ここの警察の人によく似てた。何度も思い返してみると、そうに違いないってな。警察の自転車に乗ってたとまで言ってるんだ」

「非番の日は自分の自転車を使っています」

「普通に考えればそうなんだが……。松原さんが嘘をつく理由もないしな」

怒りよりも困惑という表情で所長はぎゅっと眉根を寄せた。

「……僕、その日、蕎麦屋で高田先輩に会いました。確認してください」

パトロール中に管轄外で食事では始末書は免れないが、この際仕方がない。

「本当か？　あいつは何してたんだ？」

「聞き込みだって言ってました。高田先輩に聞いてもらえばわかります」

疑わしい顔で首を捻りながらも所長は非番の高田に電話をかけ始めた。

「おい——知らないって言ってるぞ。仕事中にそんなところへ行くわけがないって」

受話器を握ったまま、所長が怒りを浮かべた。

「そんな——俺、ちょっと行って聞いてきます」

所長が許可を出す前に、武雄は自転車に飛び乗った。

「いったいどういうことですか！　蕎麦屋のこと、どうして嘘つくんですか！　先輩」

　ジャージ姿で玄関に出て来た高田は、武雄を身体で外に押し出して戸を閉めた。

「でかい声だすなよ。びっくりして生まれちまう」

　昨年同郷のよしみで結婚した高田の妻が臨月なのを思い出して、武雄はぐっと口を噤《つぐ》んだ。武雄も出席した結婚式では緊張からか笑顔を見せなかった高田だが、身重の妻にはやはり気を遣うらしい。

「始末書なんてごめんだからな」

　ぞっとするような冷たい眼差しで高田は武雄を睨《ね》め付ける。

「出世に響くだろう？　もうすぐ子どもが生まれるんだから、勘弁してくれよ」

「……先輩」

　驚きで二の句が継げない武雄に、何故か高田が嘲るように鼻を鳴らす。

「大丈夫だよ。おまえはやってないんだからな。警察官を犯人にするわけにはいかないってメンツのために、必死に調べるに決まってる。そのうちに犯人がわかるさ」

　あまりの言い草に武雄はもう言葉が出てこない。目の前にいるのは、気さくで、陽気で面倒見のよかった高田ではない。ただ見返すことしかできない武雄に向かってひどく野卑な笑いを浮かべた高田は、踵を返し家に入っていった。

　その高田の言ったとおり、数日後、当然のように武雄の潔白は証明されたが、彼との仲が戻ることはなかった。交番の管轄内でひったくり犯と疑われ、噂になったことで武雄は異動を余儀なくされた。理不尽だと思うよりも、高田と顔を合わせる必要がなくなったことに武雄はほっとした。

一年後、高田が警察を去ると知ったときも、武雄は会わずじまいだった。

俺の無実より出世を取ったくせに、出世もしないで辞めていくのか。どこまでも勝手な人だな——胸の内でそう呟いただけだった。

すっかり忘れていた。いや違う。忘れた振りをしていただけだ。何十年もかけて胸の奥底に押し込めた当時の感情が引きずり出されて身体中に広がっていく。恨みや怒り、そして抑えようのない懐かしさ。ありとあらゆる感情が武雄の心を今さらに膿ませる。

——父が昨年亡くなり、ようやく残されたものを少しずつ片付け始めたところ、三屋様宛ての手紙を見つけました。警察時代にご一緒させていただいた三屋様に渡してほしいとメモがありました。もう何十年も昔のことでお忘れかもしれませんが、亡き父の希望を叶えたいという娘の気持ちをお汲み取りいただければ幸いです。

敬具

育ちのまっとうさが窺われる高田の娘の手紙を畳み、武雄は同送の手紙を手に取った。未だに彼を許し難く、同時にいつまでも相手への恨みを消せない自分が嫌だとも思う。いったい手紙には何が書かれているのだろうか。

出世できなかった恨み言か。退職のとき、労いの挨拶も世話になった礼もしなかった怒りか——自分を奮い立たせるように嫌みなことを考えながら武雄は封を切った。

『元気か？　三屋。これを読んでいるということは元気なんだろう。』

かつての高田を髣髴《ほうふつ》とさせる、陽気な書き出しに武雄は皮肉な気持ちを削がれる。

『当番日誌を書くのも面倒だった俺には手紙なんて柄じゃないが、最後におまえには言っておかなくちゃならないと思ってこれを書いている。』

眉を寄せて、口を尖らせ、ときおり唸りながら日誌を書いていた高田の顔が浮かぶ。

『蕎麦屋の一件だ。何十年経とうとおまえは忘れてくれないだろう。俺も忘れられない。』

蕎麦屋の一件という文字に武雄は冷たい手で心臓を摑まれたように息が詰まる。

『あのときの俺は、父の具合が思わしくなく実家に戻る時間が迫っていた。もともと、長男として父の仕事を継ぐのは決まっていたことだったんだが、あれこれと理由をつけて引き延ばしているのも限界で、年貢の納め時ってやつだった。』

そういえば、話し好きの高田なのにめったに実家の話はしなかった。

『俺は昔から警察官になりたかったんだよ。これと言った理由はなかったが、自分に合ってそうな気がしていたんだな。柔道繋がりで体育教師になったものの、せっかくだから地元に帰る前にやりたいことをやろうと思ったんだ。警官になれて嬉しかったし、楽しかった。言ったことがあったよな？　天職だって。本当に俺はそう感じていたよ。』

定年まで勤め上げたものの、警察官を天職と思ったことはなかったと武雄は苦く思う。

『俺があんまり楽しそうに働くから、父が重しとして同郷の女性と見合いをさせた。妻は郷里に戻るつもりで俺のとこに嫁にきたんだ。もちろん良くできた妻に不満などないさ。向こうはあるだろうけどな。』

茶化した文章の裏に、高田が結婚式で笑わなかった理由がほの見える。

『俺はずっと警官でいたかった。ありきたりの正義感じゃなくて、ただ警察の仕事が好きだったんだよ。だから、この先も望めばずっと警察官でいられるおまえが羨ましくて羨ましくてたまらなかった。管轄外の事件に首を突っ込んでしまうほど、俺は残り少ない時間に焦っていた。この先何十年も警察官でいられるおまえに先輩と言われるたびに、信じられないほど傷ついた。そして——おまえに出世を保証されたとき、腹《はらわた》が煮えた。』

彼の剣幕に安易に応えた日の自分が、彼を深く傷つけたことを武雄はようやく知る。

高田は優秀な警察官だった。人と話すのが好きで、親切で世話好きで、記憶力がよくて、無謀さと紙一重ではあったが勇敢だった。ただ真面目《まじめ》なだけが取り柄の武雄が警察官を続けられて、本当に警察官としての能力があった自分が辞めなければならないその理不尽さに彼は苦しみ、なんとか耐えようとしていたのだ。

『松原さんを誘導して、若いひったくり犯をおまえに似た男に仕立ててしまったのは、魔が差したとしか言い様がない。ああ、こんなことは許されない、俺は何をしているんだ？　自分に問いかけながらも己の暴走を止めることができなかった。あの瞬間、俺は立派な罪人になったんだ。出来心です、すみませんなんて、口が裂けても言えない。』

断罪するように高田は言い切る。確かにそれは呆れるような『逆恨み』だ。だが人生に翻弄されて道を踏み外す人間を武雄は何人も見た。全てが唾棄するべき悪人ではなく、高田のように善意が上回っている人もたくさんいた。人が道を誤る境界線はとても近くにあることを、高田より遥かに長くなった警察官生活で身に染みて知った。

踏み止《とど》まろうと足掻いていた高田に境界線を越えさせたのは、自分の一言だった。自分の発した言葉の重さに気づかされた武雄の手紙を持つ手が震える。

『罪人の俺は警察を辞めるしかないと、諦めることができたよ。』

彼の乾いた笑いが聞こえる気がする。

『何度も謝ろうと思ったけど俺にそんな資格はない。謝ったらおまえは建前でも俺を許さなくちゃならないだろう？　罪を犯しても謝ったら終わりなのかと、俺たちは何度も思ったよな。被害者は加害者を許さなくちゃならないのかってな。だから俺はずっと謝れなかった。でも、俺はやっぱり謝る。何故ならこの手紙を読むとき、俺はもうこの世にいない。おまえはいないない俺を許す必要はないからだ。――すまなかった。三屋。』

最後の詫びは力を込めて書いたのだろう。その文字だけ少し大きく、太く見えた。

目の前で深々と頭を下げる彼が見えた気がする。

『これでとんとんだ。元気でな。』

頭をひょいと上げた高田が手を振っていそうで武雄は視線を遠くに投げた。視線の先で妻が手入れをする、黄色い花がガラス越しに揺れる。

――これは百日草。野仏じゃあるまいし、どうして御礼に菊なんて持ってくるのよ。

松原に呆れられて、照れたように目じりを下げて笑っていた彼の顔が見えた気がした。

故郷でも高田はこんな顔で笑ったろうか。きっと笑っただろうと武雄は思う。父の頼みをきちんと果たそうとする娘と、高田自身が「良くできた」と言う妻に恵まれ、彼の人生はそれなりに幸せだったに違いない。

「高田先輩……」

懐かしい笑顔を焼き付けるように瞼を閉じたとき、武雄の頬を静かに涙が伝った。

シーグラスは波間へ還る

溝口智子

京《きょう》は【占いの館　セイレーン】と書かれた看板の埃《ほこり》を丁寧に拭《ぬぐ》う。ギリシャ神話の怪物の名を、優雅なレタリングで記すアンバランスさが怪し気に感じられる。目つきの鋭い京の黒っぽいスーツとネクタイも不穏な空気を醸しだし、古く穏やかな木造の民家から出てきたとは思えない。

「あの、すみません」

声をかけられ振り返る。京より少し年上だろう、三十代前半と思われる女性がおずおずと近づいてきた。看板に目をやってから、恐る恐る京を見上げる。

「前村《まえむら》先生ですか？」

京は身に染み付いた、人を威嚇《いかく》するような雰囲気を隠して、愛想の良い笑みを作った。

「いいえ、私は秘書の柚月《ゆづき》と申します。ご予約のお客様でしょうか」

「あ、はい。予約している松本《まつもと》です」

「お待ちしておりました。どうぞ、中へ」

松本を先導して、すすけた木製の門をくぐる。ギイと軋《きし》む玄関の引き戸を開けると、金色のウィンドチャイムがシャラララと軽やかに響く。玄関から真っ直ぐ延びる廊下の先には狭い階段が、その手前には和室が二部屋ある。そのうちの一室に京は松本を案内した。応接用のソファを勧めてから数枚の用紙を挟んだバインダーをテーブルの上に置く。

「初めてのお客様にはカルテを作らせていただいております。こちらにお名前、血液型、生年月日、それと占う内容を簡単に記入してください」

上品な色合いの万年筆を渡すと、松本は丁寧に書き込んでいく。京は文字で埋まったカルテを受けとり、補足情報の聞き取りを始めた。

「離婚を考えていらっしゃるのですね。具体的に時期は決めていらっしゃいますか？」

「いえ。離婚は絶対にしたいんですけど、どうしたら円満に解決できるか、いつなら運勢的にいいのかも知りたくて。子どももまだ小さいから……」

すらすらと出てくる言葉を要約してわかりやすく整えて松本に返す。

「では、二階へどうぞ。前村にカルテをお渡しください。ほかにも聞きたいことがあれば、なんなりと質問してください」

松本は階段をギシギシと鳴らして二階に上がり、和風建築にそぐわない、金のハンドルが光るドアの前に立った。ドアにはセイレーンのレリーフが施してある。美しい女性の顔をもち、海を行くものを歌声で惑わす半人半魚の怪物。松本はそっとドアを開けた。

意外なことに室内はリノベーションされたようで、真っ白な壁といくつも置かれた色とりどりのクッションで明るい印象だ。床にはペルシャ絨毯《じゅうたん》が敷かれて足に柔らかい。その中央にアラブの民族衣装のようなローブをまとった小柄な男性が座っている。頭にはゆるくターバンが巻かれ、色白で均整の取れた顔立ちと相まってエキゾチックだ。その中で黒縁の眼鏡だけが浮いている。

「どうぞ、お好きな所におかけください」

そう言われて松本は青いクッションの側に座り込む。

「あの、これ……」

カルテを差し出そうとしたが、それを遮って占い師が話しだした。

「あなたの望みは今年中にはかないません。先を焦れば離婚調停などという事態にも発展します」

「え、なんで？　カルテも見てないのに、なんでわかるんですか？」

占い師、前村卓未《たくみ》は松本の側のクッションを指差した。

「あなたの心の色が青いからです。愛情を見放した色。お子さんのことも心配でしょうが、私はあなたが心配です。ずいぶん心が疲れて悲鳴をあげている」

松本の目に、じわりと涙が浮かんだ。鼻声で日々の辛さ、身のまわりの心配事、将来への不安を訥々《とつとつ》と語る。卓未は優しい眼差しを向け、頷きながら話を聞いた。

「張りつめすぎず、心安らかでいられるような時間を作ってください。まずは心の回復を待ちましょう。難しい判断は、それからにした方がいい」

松本は何度も頭を下げ、感謝の言葉を伝えた。知りたいと言っていた離婚時期や円満解決の方法、その他もろもろについて回答を得ていないことに文句はないらしかった。

卓未が丸いお守り石を小袋に入れて渡すと、松本は大事そうに受け取り帰っていった。

＊＊＊

「お疲れ、卓未。次の予約は夕方だから休憩しとけ」

京の胸ポケットに入っている隠しマイクから二階の卓未に声が伝わる。骨伝導式イヤホン内蔵の眼鏡を外して一階に下りると、京は受付部屋の掃除をしていた。

「今の客、次の予約して帰ったぜ。いいカモだったな」

楽しそうに話す京に、卓未は返事をしない。京は掃除の手を止めて振り返る。

「まーた、暗くなってんのかよ」

「悩み事を前もって盗聴するって、まるで霊感商法じゃないか。これじゃ詐欺だよ」

京はその通りだという本音をおくびにも出さない。二十八歳という年齢の割に少年のような純粋な物言いをする卓未を安心させようと、作り笑いを浮かべる。

「占いなんて、どこもこんなもんだって。はったりが大事なんだよ。それに客はみんな喜んで帰っていくんだぜ。ほかの客まで紹介する。満足してるってことだろ」

冴えない表情の卓未をおいて、京は隣の待合室に移動して掃除を再開した。

「京は本当にきれい好きだよね」

気分を変えようとしてか、卓未は明るい声で話しかけた。

「後ろ暗い組織なんて、下っ端は無給の下働きだからな。掃除、洗濯、運転、料理も仕込まれた。それに、この家を遺《のこ》してくれた両親に恩返ししてる気持ちにもなれるし」

「きっと、おじさんもおばさんも喜んでるよ。僕も役に立てたら良かったのに」

京は幼馴染みに、今度は本当の明るい笑顔を見せる。

「いいんだよ、卓未の面倒は俺が全部みるから。任せとけって」

京は不安げな卓未から視線をはずして、楽しそうに働き続けた。

＊＊＊

「お待ちしておりました、許斐《このみ》様」

イヤホンから聞こえた名前に卓未の心臓が跳ねあがる。今日最後の予約客、許斐文香《ふみか》がやってきたようだ。

「こんにちは、柚月さん。今日もいつもと同じ内容です」

「では、カルテは必要ないですね。どうぞ、二階へ」

トントンと軽い足音が近づいてくる。鼓動が痛いほど速くなり、そわそわする。顔が赤くなっていないように祈りながら真面目《まじめ》な顔を作った。

「こんにちは、卓未先生。また来ちゃいました」

「お待ちしていました。どうぞ、おかけください」

文香は卓未のすぐ近く、黄色のクッションを拾い上げて座った。童顔で、可愛らしい印象の文香に見惚《みと》れそうになって、卓未はふいっと目をそらした。文香はばつが悪いのか、俯き加減で話しだす。

「やっぱり、呆れてますよね。結婚したいって言いながら、お見合いを断ってばっかりなんですもん」

卓未はあわてて文香と視線を合わせた。

「いえ、そんな。いつもお力になれず、申しわけなくて……」

「申しわけないのは私の方です。卓未先生の言うことを聞かないで、いつも自分勝手にしちゃって。せっかく助言をもらってるのに、ごめんなさい」

卓未は言葉を返せず、ただ黙って頷く。文香はきちんと正座して本題に入った。

「次の日曜日、お見合いなんです。どうですか？」

情報はそれだけしかくれないらしい。だが、占いの館を始めたころからの常連で、もう二年の付き合いだ。聞きたいことも、答えることも決まっている。

「可もあり、不可もあり、それが人間です。見るべきものは、その人の真心。小さな行動に気を付けて観察してください、文香さんの心が動く場所があります。そうですね、声に気を配って聞いてみてください」

文香が声フェチであることは京が聞きだしたので知っていた。ほかには爪、歩き方、人前で髪をいじらない、そんなところが気になるポイントだ。結婚相手を見定めるときの要点としてそれらをローテーションで告げてやれば文香は満足する。

「私との相性はどうでしょう」

まったく相性がよくありません。そう言えたらどれだけスッキリするだろう。文香と相性のいい男性など、この世に存在しなければいいのだ。だがその本心をさらけ出すわけにはいかない。そもそも、卓未には文香に思いを告げる度胸はなかった。

「会う前から相性がいい人間はいません。出会った人と波長を合わせていく。そうすることで生まれる連帯感が相性です」

「運命の相手が目の前に現れて愛を告白してくれて、そのまま一生幸せでいられたらって考えるのは、わがままなんでしょうか。やっぱりそんなこと、あり得ませんか？」

決して知られてはならない。目の前にいる男が、今すぐ愛を告白したくてたまらないことを。真実をさらけ出したいと思っていることを。信頼を失えば、二度と会うこともままならなくなる。卓末は痛む胸を押さえながら文香の話を聞き続けた。

＊＊＊

「卓未、お疲れー。予約はもう入ってないから、早仕舞いしようぜ」

文香と話したあとの卓末は仕事にならない。気疲れしてぐったりしてしまうのだ。京が手元の骨伝導スピーカーのリモコンを見ると、まだ主電源は入ったままだ。眼鏡を外す気力もないのだろう。お定《さだ》まりの状況をやすやすと見抜いて、京は階段を上った。

「コーヒーでも淹れようか？」

京の言葉に卓未は弱々しく首を横に振る。また気力が減退している。京はため息をつきそうになるのをぐっとこらえた。幼い頃から虚弱な卓未は、ほんの少しの他人の感情にも振り回され体調を崩す。占いの客は思考をもろにぶつけてきて厄介《やっかい》そうだが、京が事前に客の感情を整理し、定型の答えを準備して卓未が思い入れ過ぎないようにすることで、日常の雑談よりも占い師役の方が気分の落ち込みが少ないように仕立てている。客によっては、まだ感情を揺さぶられることもあるのだが、最近は少し、ましになった。

「疲れてるな。先に帰るか？」

「海に行きたいんだけど。お守り用の石がもうなくて」

「了解。車回すから、表にいろよ」

狭い庭に無理やり停めているおもちゃのような小さな車を門前につける。卓未は力が入らない様子で、のろのろとドアを開けて乗り込んできた。

客にお守り石を渡そうと言い出したのは卓未だ。なんの変哲もない小石でも、高級感のある小袋に入れれば、なんとはなしにありがたみが出る。京にとっては宣伝材料の一つに過ぎないが、卓未にとっては客に真心を伝えられる、たった一つの方法だ。そんな思いを知る京は、浜辺にしゃがみこんで、積極的にきれいな小石を拾う。

「卓未、これやるよ」

京はじゃりじゃりと貝殻を踏んで近づき、小さく丸い緑色のものを卓未の手にのせた。

「シーグラス……」

「好きだろ？」

「うん。ありがと」

波間で磨かれ、丸くなったガラスのかけら。シーグラスは柔らかそうで儚《はかな》げで、卓未に似ていると京は思う。中学生時代に引っ越していった初恋の女の子からもらって以来、卓未はシーグラスを集めるようになった。シャツの胸ポケットにシーグラスを入れて軽く押さえる卓未がとても幸せそうで、手渡した京は気恥ずかしくなって顔をそらした。

「あの客、卓未の初恋の彼女に、なんとなく似てるよな」

「ぜんぜん似てないよ」

顔を赤くしている卓未を見ると、困らせたいという気持ちになる。

「そういうの、語るに落ちるっていうんだぜ。俺は『あの客』としか言ってない。許婁文香を特別扱いしてることは知ってるよ」

卓未は顔を見られないようにするためか深く俯く。恋愛経験が少ない卓未には、これ以上のコイバナは荷が重かろう。京は反省なかば、話題を方向転換させる。

「あの人と話した後、いつも堪《こた》えて顔色も悪い。予約を断ってもいいんだぜ」

卓未はそっと顔を上げた。京に送る視線は不安げに揺れている。

「占いの館はやめようよ。人を騙すのはもう嫌だ」

やけに思いつめたような声を、京は軽く笑い飛ばす。

「客は気持ちを吐きだしたいだけだ。話せばそれで満足するんだ。あの人もそうだろ、騙したりなんかしてない」

「でも、普通の仕事がしたい」

ぽつりぽつりと話す卓未に覇気《はき》はない。今にも崩れ落ちそうなほど疲れきっている。

「普通の会社員で挫折したんだろ。こき使われて、傷つけられて、心を病んで。もうあんな卓未は見たくないよ。俺なら卓未を守れる。ずっと応援してやれる」

黙って海の向こうを見つめる卓未のために、京は小石を探し続ける。

＊＊＊

予約通りの時間にやって来た文香は、やはり卓未のすぐ側にあるクッションを抱え込んで座った。良い報告に来たのか、それともいつも通りの占いを求めてきたのか、表情からはわからない。もしかしたら、もう会えなくなるのではないか。なんの根拠もなく、それこそ占いの卦《け》を読んだかのように卓未の胸に不安が閃いた。

「先日のお見合い、断りました。卓未先生の言うとおりに声をよく聞いてたら、お見合い相手の人、すごく小さな音で舌打ちしたんです。店員さんがちょっとミスしただけで。善人のふりをしているだけの男性でした」

安堵感が湧き、卓未は笑みを浮かべそうになり、ごまかすために慌てて深く頷く。

「卓未先生だったら、ぜったいにそんなことしないですよね。きっと恋人のことも大切にしてくれるんだろうな」

弾かれたように顔を上げる。自分ならぜったいに文香を幸せにする。そう思ったがすぐにその考えを打ち消した。自分は文香を騙している。最初から裏切っているのに、どうやって幸せになどできるというのか。自分を責めると、つい口から本音が飛び出た。

「僕もお見合い相手と同じです。上辺《うわべ》だけ優しいふりをしているんです。ごめんなさい」

膝の上に置いた手をぎゅっと握る卓未に、文香は微笑みかける。

「卓未先生は正直ですね。完璧に優しいふりができるなら、その人は優しい人なんですよ。卓未先生は完璧です」

「そんなことないんです。僕はみなさんを騙してるんです。僕は占いなんてできない、『セイレーン』は詐欺師の店なんです」

力いっぱい握ったこぶしが震える。罵倒《ばとう》されることを恐れてきつく目を瞑る。文香がそっと卓未の手に触れると、卓未はびくっと身をすくめた。

「ここで行われているのが占いじゃないことには気づいていました。でも、私は卓未先生に話を聞いて欲しいから通っているんです」

慰めるような文香の声を恐れて、卓未は小さくなろうとするかのように肩を縮める。

「僕はもう誰も騙しません。だから、許してください」

文香は卓未の手を握る。

「卓未先生、また話を聞いてくれますか？」

首を横に振って、卓未は顔を上げた。泣きそうになっているのか、目が赤い。

「今まで通りになんてできません。もう僕を先生と呼ぶのはやめてください」

文香は悲し気に俯き、握っていた手を離した。しばらく無言の時が過ぎ、卓未が呟《つぶや》く。

「二度とお会いすることはないでしょう」

卓未は目を瞑り深呼吸をすると、ぐっと顔を上げる。強い決意を滲ませた表情で、セイレーンが彫り込まれたドアを見据えた。

＊＊＊

トントンと軽やかな文香の足音と階段が軋む音が一階に近づく。京は廊下に出て秘書らしい上品な笑顔を作る。

「お疲れさまです、許婁様」

文香は硬い表情で頭を下げた。

「次のご予約はございますか？」

文香が京の側で立ち止まる。しばらくためらっていたが、おずおずと京を見上げた。

「卓未さんのこと、利用するのはやめてあげてください」

そう言いおくと、小走りに玄関を出ていく。京は一瞬、なにが起きたのかと目を丸くしたが、はっとして二階に駆け上がった。

「卓未！　まさかバラしたのか！」

ドアを開け叫んだ京を待ち構えていた卓未は、真っ直ぐに立っていた。

「もうやめよう、本当に。こんな詐欺まがいのことをしても、誰も幸せになれない」

「どうしたんだよ。いい調子で稼いできたじゃないか、二人で」

卓未は深く息を吸い、常にはないようなしっかりとした声で言う。

「疲れたんだ。京も僕のために嘘をついてくれなくていい。僕は一人でやっていくよ。稼ぎが少なくてもいいから、地道に働く」

見たこともない卓未の硬い表情を、京は戸惑いつつ見つめた。

「そんな、地道にって、どうするつもりなんだよ。前みたいに社畜になるのか？　それとも肉体労働でもするか、その虚弱な体で。すぐに倒れちまうのが目に見えてる」

卓未は反論もしないが京と目を合わせもしない。京は卓未の両腕を握り、揺さぶる。

「俺が組織を抜けられたのは卓未のおかげだ。昔から変わらずに接してくれたのは卓未だけだった。だから、ぼろぼろになったお前を見てられなくて助けたくて。俺は……」

「京がいつも助けてくれたことには感謝しかないよ。僕のために足を洗うとき、すごく苦労したことも知ってる。だけどね、だからこそもうやめよう。これ以上、京が傷つく必要はないよ」

「傷ついた？　俺が、いつ？　嘘なんて、どうってことない。詐欺だって騙《かた》りだって慣れてるの知ってるだろ。卓未はなにも心配せずに、俺に全部任せとけばいいんだよ」

京の手を振りほどいて、卓未はポケットからシーグラスを取り出した。京の胸に押し付け、手を離す。シーグラスは絨毯にころりと転がる。京は茫然とそれを見つめた。

「返すよ」

無表情のまま、卓未が部屋を出ていく。京は半分だけ閉まったドアを見つめて動けない。部屋を見渡して骨伝導スピーカーがないことに気付き、スーツのポケットから隠しマイクを摑みだした。

「卓未、もう一度話をしよう。戻ってきてくれ！」

ドアの隙間から階段を下りていく足音が聞こえる。

「占い師を辞めるなら、それでもいい。店名義の貯金が結構な額になってるんだ。それで何年か休んで、また一緒になにか始めよう。なにかまともな仕事をさ」

卓末が聞いているという確信がある。だが、足音は止まらず、玄関へ向かう。

「シーグラス、拾いに行こうぜ。困るぐらい拾ってやるよ。なあ、聞いてるだろ」

玄関の戸が軋む音がする。

「あのさ！　俺も嘘はやめるよ。中学のとき渡したシーグラス、あれ俺が拾って来たんだ。あの子が転校するって聞いて卓未が落ち込んでたから、見てられなくて。あの子から預かったなんて言って。騙して悪かったよ」

少しの間、静寂が訪れた。京はたまらず叫ぶ。

「お前に笑顔でいてほしいんだよ！　笑顔を見せてほしいんだ！」

玄関の戸は軋みながら、ゆっくり閉まっていく。ウィンドチャイムが、シャラランと冷たい音をたてる。戸は閉められ、卓未は出ていった。

京は力の入らない手でシーグラスを拾いあげる。ドアを開け、階段を一段ずつ、ゆっくり下りる。玄関まで行くと、下駄箱の上に電源が入ったままのスピーカー内蔵の眼鏡が置いてあった。卓未は最後まで話を聞き、それでも出ていったのだ。

京はマイクをスピーカーの側に投げ出した。空気中には響かないはずのハウリングが耳の中でこだまする。マイクで伝えたかった言葉も、スピーカーから聞きたい声も、全部置いていかれた。この家にいる理由も、もうない。京は玄関の戸を開けた。ウィンドチャイムがシャララと鳴る。それはセイレーンの歌声のように繰り返し繰り返し、聞くものを波間へと誘う。京は握った手をそっと開いてシーグラスに囁きかける。

「海に返してやるから。もう、自由にしてやるから」

京が出ていき閉まった戸の内側で、またウィンドチャイムがシャララと鳴った。シャララ、シャララ、シャララと。その音は遠くへ波が引くように、次第に小さく、やがて消えていった。

あなたとなら、どこまでも

編乃肌

私には話すことはできないけど、一緒に『走れる』相棒がいた。

高校一年生の頃に買った、黄色いクロスバイクだ。

興味を持ったきっかけは、クラスでちょっと気になる男の子が、最近サイクリングにハマっていると話していたから。調べてみるとカッコいい自転車がたくさん出てきて、それに跨《また》がって颯爽《さっそう》と走る自分を想像したら、胸がドキドキと熱くなった。

これに乗れるようになったら、気になる彼との話題作りにもなるんじゃないか、とも期待した。

彼は明るく快活な人気者で、今のままでは地味な私にチャンスなんてないし……。

最初は自転車を買ってくれないか、両親におねだりした。でもふたりとも取り付く島もなくて、「自転車なんて、あんたバス通学で定期も持っているのにいらないでしょ」と、特にお母さんは一刀両断だった。

でも私は諦めきれなくて、夏休みに食品工場で初めてアルバイトをして、やっと買うことができた。苦労の末に手元に来たから嬉しくて嬉しくて、凛々子《りりこ》って私の名前から取って、『リリー号』なんて名前もつけちゃってさ。

細かい性能などはわからず、好きな色だけで選んだ一台だったが、実際に乗ると想像以上に心が躍ったこともよく覚えている。

夏のカラリと晴れた日。

汗をかきながら近所の坂まで向かって、初めてほんのり熱い風を切って走った時は、「うわあっ！」と間抜けな歓声が漏れたものだ。

ひとしきり走って帰る頃には、とても気分がスッキリしていた。地味で目立たない自分をコンプレックスに感じていたことも、風を浴びて吹き飛ばされたというか……どうってことない悩みに思えた。

すると勇気も出てきて、次の日には気になる彼に、私から思い切って声もかけられた。

自転車の話題を振ると彼も食いついてくれて、気付けば共に毎週末はツーリングする仲にまでなっていた。リリー号相手に、何度恋の相談をしたかもわからない。

「私と走るのが一番楽しいって笑ってくれたし、これって脈ありだよね⁉　彼の笑顔が眩《まぶ》しいんだけど、どうしよう！」

もちろん、ただの自転車であるリリー号が何か答えるはずはないのだが、自分の考えを口にして整理しているだけだからいいのだ。友達に言いづらいことでも、リリー号に対してなら自然と言葉が出てきた。

共に走れば、内向的な私に勇気や、大好きな彼と仲良くなる機会まで与えてくれたリリー号は、いつしか私にとって唯一無二の相棒になっていた。

「今日もありがとう、これからもずっとよろしくね」

メンテナンスも欠かさずして、乗る度にお礼の言葉もかけた。

傍から見ればおかしな奴だと馬鹿にされるかもしれないけど、リリー号にはなんだか私の想いがちゃんと伝わっていると、確信があったのだ。

自分は大人になってもきっと、この子に乗り続けるのだろうなと、漠然と考えるくらいには大切にしていた。

しかし……高校三年生の春だった。

彼と遠出する予定があって、私はその帰りに告白することに決めていた。

週末のツーリングを続けて仲は完全に深まっており、本格的な受験勉強に身を投じる前に、想いを打ち明けておきたかったのだ。

リリー号にも、私の告白が上手くいくよう見守っていてねと、前日にサドルを磨きながらお願いしていたのだが……。

「えっ⁉ や、やだ、ウソでしょ止まらない……っ！」

告白のことで頭がいっぱいで、それ故に招いた不注意か。私は行きの坂道の途中、曲がり角でスピードを出し過ぎ、ブレーキをかけたがガシャンッと自転車ごと派手に転倒した。

……しかも、「凛々子、危ない！」と叫んで助けようとしてくれた、彼を巻き添えにして。私は擦り傷程度の軽傷で済んだが、彼は右足を骨折して三週間の入院。紛《まぎ》れもなく私のせいだった。心の底から後悔し、何度も何度も謝った。

彼は「凛々子は気にしないでいいよ」と言ってくれたが……私の不注意のせいなのに、今までずっと相棒だと思っていたリリー号にも裏切られた気がして、もう乗ることはもちろん、触れることも嫌になってしまった。

車輪の外れたリリー号は、落ち込む私を気遣ってかお父さんが直してくれたけど、私は「納屋《なや》に仕舞っておいて」と頼んだ。

もちろん、彼に告白だってできるわけもない。自転車という接点もなくなり、彼の退院後は自然と距離が開いていった。ほどなくして彼は、クラスメイトの別の女の子に告白されて付き合ったようだ。

私は大好きだった彼も相棒も、同時に失ってしまったのだった。

……これが六年前のことだ。

「はあ……どっかいい職場ないかな」

純和風の実家の居間で、畳の上にゴロリと仰向けで寝転がりながら、スマホで転職サイトを眺める。台所からは「だらしないわよ！」とお母さんが注意を飛ばしてきたけど、生返事で適当にあしらった。

二年前に四年制大学を卒業し、今の私は大手電力会社の子会社で営業事務をしている。今のところ給与にも待遇にも不満はない。

ただ……事務仕事は自分に向いてはいたが、やりがいのようなものは感じなかった。大学で学んだ英語や中国語といった語学も活かせそうになく、どこかもっと自分の能力を活かせる職場で、バリバリ働いてみたいと次第に考えるようになっていた。

具体的にはホテルや旅館といった、宿泊施設のスタッフとかいいなあって思っている。

ここにきて、本格的にそちらを目指して転職しようかと悩み中だ。

(でもなあ、今の仕事は安定しているし、接客業は見た目より大変だとも聞くよね。別に無理をしなくても……ううん)

こんな問答を、かれこれふた月は続けている。

詰まるところ、決断する勇気がなかった。

こういうときにひとっ走りするだけで、大きな勇気をくれる相棒が、かつて私にはいたはずなのだけれど……。

(あの事故から、もう六年か)

スマホを畳に放って、横向きに体勢を変える。

当時の光景がフラッシュバックして、気分が重く沈んだ。

好きな人に怪我を負わせ、相棒とサヨナラしたあの時から、私はひとつの心の拠《よ》り所《どころ》を失ってしまった。大袈裟かもしれないけど、本当に拠り所だったんだ。

「はあ……」

深い溜息をついたと同時に、スマホが着信を告げる。

もう夜も遅い時間だ、誰だろう……と緩慢《かんまん》な動作で腕を伸ばし、相手も見ずに受信ボタンを押した。

「もしもし？」

『お疲れ、凛々子。夜にごめんな』

「え、タカヒロ⁉　急にどうしたの？」

久方ぶりの恋人からの電話に、私は腹筋を使って飛び起きる。

『まだ店で残業していて、今は休憩中なんだけど、なんか凛々子の声が聞きたくなってさ。ちょっと話せないかな？』

「もちろん、何時間でもいいよ！」

『それじゃあ、俺の残業が終わらないって』

ははっと耳心地のいい笑い声が聞こえる。

私はスマホを耳に当てたまま、こそこそと居間を出て二階の自室へと移動した。

恋人のタカヒロは、私の五歳年上。旅行代理店で店長をしていて、本人も旅行をライフワークにしている。穏やかな気性で、のんびり屋すぎるところもあるけど、そこが魅力的な彼とは三年前に街コンで知り合った。

……実は最初タカヒロに惹かれた理由は、高校時代に怪我を負わせてしまった彼に、ちょっとだけ笑顔の雰囲気が似ているからだった。

もちろんそれは最初のきっかけに過ぎず、すぐに彼自身の人柄に惚れたのだけど。

私たちはなにかと好みも同じで意気投合し、付き合うまですぐだったし、彼の計画のもとに旅行もたくさん行った。

ぶっちゃけると、宿泊業に興味を持ったのもここからである。

「またタカヒロの仕事が落ち着いたら、旅行に行きたいね。先月の北海道での二泊三日の旅、ホテルも素敵で楽しかったもん」

『ああ、あれからすっかり仕事が忙しくなって、もう二週間近く会えてないもんな……そういえばあの答え、まだ出そうにない？』

ギクリと一瞬体が固まって、次いで「ごめん、もう少し待って」と謝る。

実は北海道旅行の帰りに、私はタカヒロから結婚を前提に一緒に住まないかと、プロポーズと同棲の提案を同時に受けた。「君とずっと一緒にいたいんだ」なんて、熱烈な口説き文句もつけてくれて。

その申し出に、私は一も二もなく頷く……ことができたらよかったのだけれど、ここでも決断する勇気のなさが災いして、返事を保留にしてしまった。

結婚や同棲っていう一大イベントに、あっさり飛び込んでもいいのかな？　なんて、足踏みしたのだ。私はまだ二十四だし少し早いんじゃないかとか、実家暮らしからいきなり同棲なんて上手くいくのかとか……。

そんな私を急《せ》かさず、彼は「ゆっくり待つよ」と言ってくれた。今もだ。

早くちゃんと返事をしたいのだけれど……。

『あっ、そろそろ休憩終わるな。じゃあまた』

「うん……最近、残業多そうだけど体には気をつけてね。疲れているとほら、注意力が散漫になるし、ミスとか起こしやすくなるからさ」

『凛々子は心配性だな。はいはい、気をつけます』

おどけた調子で彼が通話を切り、私もベッドに倒れ込む。

転職のこと。結婚や同棲のこと。

こんなふうに、頭の中でぐるぐると悩みが混雑している今こそ、車輪を目一杯に回して風を浴びたい。リリー号に悩みを解決するお手伝いをして欲しい。

だけどトラウマに負けて、結局相棒を遠ざけているのも私自身だ。

「もうきっと、一生乗れないんだろうな……」

力強くグリップを握り締めて、勢いよくペダルを漕げば、なんだかどこへでも行けるような気がした、あの万能感。

それが二度と得られないことが、今夜はことさら寂しかった。


今日も今日とて、私は淡々と事務仕事をこなして帰宅した。

同じことの繰り返しは物足りなくて、ホテル業務にチャレンジしてみたいという意欲がまた強くなったけど、やっぱり今の安定も捨て難くて……またまた右往左往で踏ん切りがつかない。

自分で自分に、いい加減ハッキリしろ！　とキレてしまいそうだ。

甘いものでもやけ食いしたい気分だったので、帰り道にコンビニに寄ってケーキやらシュークリームやらを買った。

エコバッグをガサガサ揺らしながら玄関を上がり、お風呂と夕食を済ませてから、自室でスイーツたちを貪る。花の金曜日なので、夜遅くまでひとりスイーツパーティーを開催するつもりだった。

その電話が掛かってきたのは、マカロンを口に放り込んだ時だ。

「タカヒロ……じゃない、マサキさん？」

また残業中のタカヒロが、私の声が聞きたいなんて嬉しいことを言って、電話をくれたのだと思った。だけど違って、相手はタカヒロのひとつ上の兄である、マサキさんだった。

何度か会ったことはあるけど、こんな夜に個人的に電話がかかってくるなんて……。

「はい、凜々子です。急にどうし……」

『あぁっ、凜々子ちゃん！　冷静に、落ち着いて聞いてくれよ。タカヒロが病院に運ばれた！』

「え……？」

病院？　病院って、あの病院だよね？

混乱する私に、マサキさんは事のあらましを早口で説明する。彼の方がよほど落ち着いていない様子だ。

タカヒロは今日も残業の予定だったが、連日の疲労の積み重ねが祟《たた》り、私が心配した通り注意力不足になっていた。そして店の階段から足を踏み外し、盛大に転げ落ちたという。

落ちたあと、タカヒロはそのまま意識を失ってしまったようで、幸い警備員さんが発見して救急車を呼んでくれたらしい。

「よ、容態は⁉　タカヒロは大丈夫なんですか⁉」

『それがわからないんだ。俺も今、車で病院に向かっているとこ！　ただ渋滞がスゴくて……帰宅ラッシュ時なのに、事故で車線が少なくなっているみたいでさ。まだまだ着きそうにないんだよ』

「そんな……とりあえず、私も病院に向かいます！」

タカヒロのご両親は遠方にいるので、同じ地域に住む兄のマサキさんに連絡が行ったのだろう。

私もいてもたってもいられなくて、広げたスイーツもそのままに、部屋着の上にジャンパーだけを羽織って自室を飛び出した。

通話を切る前に聞いた病院は、うちからは徒歩で二十分ほどのところ。私はもとより車は持っておらず、家族で唯一持っているお父さんは、勤め先が遠いから帰宅するまであと一時間はかかる。

手段としては、バスかタクシー？　でも渋滞だって聞いたし、乗れたとしても病院に着くまでに時間を食いそうだ。

本来なら病院は苦手だ。怪我を負わせた彼のことを、嫌でも思い返してしまうから。

だけど今は一分一秒でも早く、タカヒロのもとに駆け付けたい。

だったら……！

「お母さん！　納屋の鍵、借りるね！」

トラウマだなんだと言っていられない、今こそリリー号の出番だ。

長年乗ってはいなかったけど、定期的なメンテナンスだけは、お父さんがコッソリやってくれているのを知っていた。マメなお父さんは放置できなかったのだろう。私はそれを複雑な心持ちで捉えていたが……今は感謝しかない。

引っ張り出したかつての相棒は、タイヤの調子もライトの具合も良好。夜間でも問題なく走れそうだった。

「だ、大丈夫……私は乗れる、走れる！」

そう自分に言い聞かせて、久方ぶりにサドルに跨る。

グリップを握った時は、手足が強張《こわば》ってひどく緊張したけど……一度乗って走り出してしまえば、体はあっという間に馴染《なじ》んだ。どこへだってリリー号が連れていってくれそうな、この懐かしい感覚。

だが今はどこへでもではなく、向かう先はタカヒロのもと一択だ。

（お願いタカヒロ、無事でいて……！）

私は私が思う以上に、彼のことが大切だったらしい。

みっともなく泣きそうになる唇を噛み締めながら、夜風を切って住宅街を抜ける。

彼がこのまま……と、最悪な想像をしそうになる度、リリー号が「大丈夫だよ」「早く行ってあげて」と、励ましてくれている気がした。ずっと乗らずにいたのに、相棒は変わらず私の味方でいてくれた。

怖くても、祈りながらペダルを回し続けた。


結果として――タカヒロは無事だった。

頭は軽く打っていたので、念のため検査入院にはなったけど、他はほぼ無傷に近い軽傷。手足のちょっとした打撲くらいで済んだらしい。

「いやあ、まさか階段から落ちるとは……でも悪運が強くてよかったよ、ははっ」

タカヒロはそう呑気に頬を掻いた。

私の方が先に着いていて、へなへなと力が抜けているところにマサキさんも到着し、心配させるなと、兄は弟にくどくど説教をかましていた。

その後、手続き関係でマサキさんは出ていき、病室には私とタカヒロだけが残された。ベッドの上で体を起こして、タカヒロは傍に立つ私に、改めて「ごめんな」と謝る。

「凛々子もさ、急いで自転車で駆け付けてくれたんだって？　前にトラウマがあるって話していたのに……ほら、元カレを巻き込み事故で怪我させたって」

「だから、別に元カレではないってば！」

高校時代のトラウマの話は一度しただけだが、昔好きだった彼を私がずっと引き摺っていると思って、タカヒロは前々から少し気にしていた。

こういう大人げない嫉妬をするところも、可愛いし好きだなと心から思う。

「ねえ、タカヒロ……結婚して一緒に住もうか」

脈絡もなく、ずっと待ってもらっていた答えにイエスを出すと、案の定タカヒロは目を真ん丸にして驚いた。

「きゅ、急にどうしたの？　嬉しいけど……」

「答えはね、最初から決まっていたの。決断する勇気がなかっただけで……。でもね、相棒の自転車で走りながらあなたのことを考えていたら、あなたを絶対に失いたくないし、隣で歳を取りたいってハッキリと思えたの」

「……もしかして、自転車のトラウマを克服した効果？」

「それもあるかも。やっぱり思い切り走ると、頭が冴えるね」

そのおかげで、大切なものをちゃんと見定められた。

私はこの人の傍にいたい。

そっと、シーツの上に置かれたタカヒロの手に、自分の手を添える。じんわりと温かな体温が伝わってきて、ホッと安心できた。

タカヒロは優しく目を細めて、私を見つめる。

「これから同棲準備とか、忙しくなるな。退院したら、ちゃんと凛々子のご両親にも挨拶に行かないと」

「うん、待ってる」

「それから、いろいろ落ち着いたらさ……次の旅行は近場まで、ふたりで自転車で行かないか？」

「自転車で？」

今度は私が目を真ん丸にする番だ。実はさ……と、タカヒロは照れくさそうにする。

「前々から挑戦してみたかったんだ、『自転車の旅』。テレビで芸能人とかがたまにやっているだろう？　凛々子がいつかまた乗れるようになったら、ふたりでやってみたいって……クロスバイクも買ってあるんだ」

それは初耳だった。

わざわざマイ自転車まで、もう用意してあるだなんて驚きだ。ふたりで並んで自転車で走れば、きっと楽しい旅になる。

「……じゃあ私も、秘密にしていたこと言うね。実はあなたへの返事をどうするかの他に、仕事についても悩んでいたの。今の会社を辞めて、ホテルとか旅館とかで働いてみたくて」

「いいんじゃないか？　凛々子なら接客だってこなせるさ。俺は凛々子の選択を応援するよ」

あれほど悩んでいたのに、いろいろな答えが出るのは一瞬だ。

私がポツリと「相棒の自転車効果、本当にスゴい」と呟《つぶや》けば、なぜかタカヒロは不満そうな顔になる。

「なに、なんで急にそんな顔するの」

「さっきから自転車を相棒相棒って……君が大切にしているのはわかったけど、これからの人生の相棒は俺なんだからな」

「ふっ、あははっ！　もう、なに言っているのよ」

胸を張ってなにを言い出すかと思えば。やっぱりタカヒロはちょっと子供っぽい。

おかしくて、でも嬉しくて、気付けば私の視界は滲んでいた。

泣き笑いをしている私に対し、タカヒロは、ふたりでまた出掛ける日が余程待ちきれないのか、さっそく予定を立てたいようで、「自転車の旅で、どこか行きたいとこはあるか？」と聞いてくる。

私はふるふると首を横に振った。

「ううん、特にはないよ。でも……」

リリー号のことを思い浮かべ、それから目の前の恋人……もう違うな。未来の旦那様の顔を見据えて、くしゃりと笑う。

私は、あなたとなら……。

あなた『たち』となら、どこまでも。

〆っぽい話

嶋見すた

視線を感じて自動ドアに目を向けると、小さな雪だるまと目があった。

昨日に降ったおそらく今年最後の雪は、午後までもたずにとけている。子どもたちが手袋を濡らして奮闘した成果だけが、二時になっても意地を張っていた。

閑散期の平日でこの時間ともなると、クリーニング店に客はやってこない。

私はカウンターのそばにスツールを引きずってきて、慎重に腰かけた。一度ぎっくり腰を経験して以来、半端な姿勢を取るときは緊張する。

うまく座れたことに気をよくし、ラジオのボリュームを大きくした。

「――スーパーで豆腐を買ったんですよ。こう、一丁が半分ずつパックされているタイプがあるじゃないですか」

しわがれたパーソナリティの声に、アシスタントの女性が反応する。

「使い切り、みたいなやつですよね。半丁がふたつくっついてる」

「それですよ。ほかにもいろいろ買って会計して、カゴを持って、ほら、あの台」

「サッカー台ですか。お客さんが袋詰め作業をする」

「そんな名前なの。由利《ゆり》さん物知りだね。でね、あたしもエコバッグなんかを持ち歩くようになったんで、カゴからひょいひょい移し替えていたわけです。そしたらね、くだんの豆腐がこう、ぱきっとね、折り畳まれているんですよ」

「レジの店員さんが、真ん中のところで二つ折りにしたんですか」

「そう。勝手にね。別に怒りゃあしませんけど、こうね、なんかもやもやするじゃないですか。穴が開いていたら水もこぼれますし。わかりますか、この感覚」

わかるなと思いつつ、カウンターに置いていたセーターの襟元を見た。

ブランド表示のタグに、小さな穴がふたつ開いている。

客から預かった大事な衣類に、どこかの業者が自分の都合で洗濯タグをホチキス留めしたのだろう。穴が開いていても困るものではないが、勝手に傷をつけられた客は感情を持て余したはずだ。

「ええと、中島《なかじま》さんのもやもやはどっちですか。『客の豆腐を傷物にするな』と、『折り畳むのが当然という価値観を押しつけるな』の」

「後者ですよ、後者。あたしは折り畳まない派なんです。きっとあの店員さんね、『このほうが食べやすい』と、ピザも二つ折りにしますよ」

自分の思う「もやもや」と違ったことに苦笑しつつ、私はセーターとブランドタグの隙間にクリーニングタグを通し、輪を作ってからホチキスで留める。

「まあ二つ折りのピザは、写真映えしませんね。というわけで、そろそろお便りのコーナーにいきましょうか」

「そうしましょう。えー、本日のテーマは『相棒』です。これはやっぱりね。ドラマを思い浮かべるかたが多いでしょうね。由利さんはどうですか」

「全部見てます。個人的には相棒が代わってしまうところが好きですね。でも最終回が近づいてくると、『ずっとこのままでいてー！』って思っちゃうんですけど」

「いやドラマの話じゃなくて」

「すみません。推しドラマなのでつい。相棒と言いますと、それこそ中島さんは相方さんがいらっしゃいますよね」

「いやまあね。若いリスナーさんは知らないと思いますけど、あたしは三人組のコントグループをやっていたんですよ。だからといって、相棒という感じではないですね。めちゃめちゃ仲悪かったですしね」

昭和の終わりに、子どもたちをテレビの前に釘づけにした番組があった。出演者では彼らのグループ、というより、そのリーダーが大人気だった。

「またそういうことを。気を取り直して、まずは一通目のお便りを読みますよ。ラジオネーム、『おーい、ぽちゃ』さんの『相棒』です」

「落ちた！　遠くで手を振って、池に落ちたよ！」

「由利さん、磯野《いその》さん、水の中からこんにちは」

「こんにちは、って本当に落ちてる！　あと磯野じゃなくて中島だから！　ボケが渋滞してるから！　まったく、七十歳に働かせないでください」

「私が大学生の頃の話なんですが、道を歩いていたら男性に声をかけられました。『すいません。この辺りに、軍手が片方落ちてませんでしたか』と。よく道に軍手が片方だけ落ちていますけど、落とした人を見るのは初めてです。私は好奇心に駆られ、彼と一緒に捜すことにしました。普段はしょっちゅう目にする軍手ですが、いざ捜すとなかなか見つかりません。疲れた彼が喫茶店で休もうと提案してきましたが、どうしても軍手がそろう瞬間を見たかった私は、断って捜し続けました。そしてようやく軍手が見つかったのは、十二年後のことです。彼は片方だけのそれをしげしげと見つめ、私に打ち明けました。『実はあれ、ナンパだったんだ。きみが本気で捜してくれるから、言い出せなくて』と。嘘でしょ、と言いたいところですが、私は最初から気づいていました。彼のボケの才能に。おかげで今日までの十二年間、私は笑いっぱなしでした。すべてのボケに全力で乗っかる私を、夫は心が純粋な女性だと思ってくれていたようです。以上、私の相方、もとい相棒の話でした」

なんだそりゃと、ひとり店の中で笑う。ワイシャツのボタンホールにクリーニングタグを通し、ホチキスでかちりと留めた。

「軍手が落ちて、恋に落ちて、最後は池にも落ちました、ってね。これボケたいの、奥さんのほうでしょ」

「なんていうか、初手から『おもてたんと違う』感のある話でしたね」

「でもまあね。夫婦は相棒の定番ですからね。ボケの中にきらりと光る惚気《のろけ》はよかったと思います。旦那は騙されてますけど」

「幸せがすごく伝わってきますもんね。パートナーさん騙されてますけど」

「とはいえ相棒の語源って、『相方の棒組《ぼうぐみ》』ですからね。時代劇を見てると、二人一組で棒を担ぐ駕籠《かご》が出てくるでしょう。あのえっさほいさしてる人が棒組で、自分から見たもうひとりが相棒です。前のやつは後ろが見えない。後ろのやつは前が見えない。だから相手を信じるしかない。そういう関係なんです。相棒って」

それは知らなかったなと、思わずラジオを振り返った。

中島ヒデキ氏はお笑い芸人でありながら、雑学にも明るくて感心する。

「騙されても信じ続ける、みたいな関係でしょうか。そう考えると、ボケたがりの夫婦が妙にエモく感じますね。その、もののあはれというか」

「由利さん。気を遣って訳してくれたんでしょうが、現代語で十分です」

ふたりのかけあいに、くすりと笑いが漏れた。

「すみません。触発されてつい小ボケを。気を取り直して、二通目にいきましょう。ラジオネーム、『キウィ』さんの『相棒』です。中島さん、由利さん、こんにちは」

「はい、こんにちは。普通の挨拶でほっとしました」

「三月に後楽園ホールでボクシングの世界タイトルマッチがあるのですが、私はそのリングに立つことが決まりました」

「えっ、三月？　まさかこの人、チャレンジャーの我那覇《がなは》選手ですか」

「いまは厳しい減量の真っ最中です。好物のサルサたっぷりのタコスも我慢して、毎日ジムで汗を流しています」

「あたしもタコスは好きですが、好物に挙げる人は珍しい……あっ、まさか我那覇選手じゃなくて、王者のホセ選手のほうですか！　メキシコ出身の！」

「うちのトレーナーはすごく厳しくて、私がバテそうになると、『あと一分！』を延々とくり返します。おかげでスタミナがつきましたし、体も相当に引き締まりました。当日は自信を持ってリングに立てそうです。そんな私の相棒はもちろんトレーナー、と言いたいところですが、実際に一番お世話になっているのはスマホです。体重の管理だけでなく、睡眠コントロールや食事メニューの記録まで。ランニングの際にはタイムも計測してくれます」

「なるほど。現代ボクサーって感じですね」

「でも一番利用するアプリは、やっぱりカメラです。水着姿を撮影してSNSにアップすると、ファンのかたからコメントをいただけて励みになります。さて、本番まではあと少し。それまでにコンディションを整えて、ラウンドガールとして試合を盛り上げられるようにがんばります！」

私はタグをつける手を止めて、思わずぽかんとラジオを見た。

「いやあ、これはやられましたね。水着姿のくだりまで、まったく違和感がありませんでした。完全に男性のボクサーだと思ってましたよ」

「私は『ラウンドガール』まで気づきませんでした。モデルさんなのかな。やっぱりみなさん、アスリート並みのトレーニングを積まれているんですね」

「本当にね。最近はジェンダー的な見地から不要論も出ている仕事ですが、こういう努力をしている人も見てあげてほしいですね」

「ところで中島さん。相棒として、スマホはどうですか」

「いいと思いますよ。まああたしの相棒はガラケーですけどね。あれだけ文句を言っておいて、ここは二つ折り派です」

「いまはスマホも、二つ折りがありますよ」

「そんなボケ潰しがあるとは。話を戻しますけど、リスナーのみなさんの中には、『スマホが相棒なんて嘆《なげ》かわしい』という人もいらっしゃるでしょうね。ご年配のかたからしたら、スマホっておもちゃに見えますから」

「実際、ゲームをしている人が多いと思います」

「うん。でもねえ、『職に貴賤《きせん》なし』の通り、仕事道具もそうなんです。営業で履きつぶした革靴も、ナースの胸ポケットのボールペンも、値段もなにも関係なく、自分が一番頼っているやつが相棒なんですよ。タクシーの運転手や寿司職人に、『あなたの相棒はなんですか』と聞いてごらんなさい。車とか、包丁とか、そういう答えを期待しちゃうでしょうけど、両者とも『スマホ』って答えるかもしれませんよ。なんでも自分の価値観で決めちゃあいけません」

　手の中のホチキスを、じっと見つめる。

　百円均一の店で買った物だが、ずいぶん古ぼけて塗装がはげていた。

「では最後のお便りを読む前に、一曲聴いてください。今回は番組が始まって初。なんと、中島さんからのリクエストです」

「四の五の言いません。聴いてください。バグルスで、『ラジオ・スターの悲劇』」

　流れてきたのは、七十年代後半のなんともなつかしいメロディだ。

当時の私は小学生だった。あの頃はまだ親父が元気にアイロンをかけていて、店の中にはいつも熱気が籠もっていた。汗みずくの親父がラジオと一緒に口ずさむ英語の歌詞は、やけにかっこうよかったのを覚えている。

「というわけで、バグルスで『ラジオ・スターの悲劇』でした。中島さん、なんでこの曲をリクエストしたんですか」

「んー、お便りを読んでからにしましょうか」

「珍しいですね。中島さんが台本の進行を変えるなんて。では最後のお便りです。ラジオネーム、『メリヤスと粉石鹼』さんの『相棒』を読みます」

私は驚きとともに、背後のラジオを振り返った。

「中島さま、由利さま。いつも仕事中に楽しく拝聴しております。今回のお便りテーマは『相棒』とのことですが、私の仕事はクリーニング店の経営です。そう言うと相棒はアイロンかと想像されるかもしれませんが、現実は違います。先代の親父が健在だった頃は、たしかにクリーニング師の相棒はアイロンでした。スチームの蒸気で店はいつも暖かく、清潔感があふれていました。いえ、あの頃のクリーニング店は単に清潔なだけでなく、高潔だったと思います」

もったいつける言い回しだなと、我ながら顔が赤らむ。

「我々クリーニング師は、国家資格を持っています。お客さまに気持ちよく袖を通してもらえるように、日々技術を学んでいます。変な話になりますが、我々は汚れ物に目がありません。真っ白いシャツについた醤油のシミなんて、それこそ涎《よだれ》が出ます。これをどう落としてやろうかと考えるだけで、心が躍るのです」

「いわゆる職業病ってやつですかね」

そうなのだろう。その感覚だけはいまも変わらない。だから厄介《やっかい》だ。

「ただそれで、すべてのお客さまが喜んでくれるわけではありません。ファストファッションが流行すると、服を大事に着るという感覚も廃《すた》れました。消耗品の服に金をかける意味はありません。当然クリーニング代も安いほどいい。洗濯工場を持つ大手チェーンは、受付のみをする取次店を大量に展開しました。シミを落とすなんて二の次。お客さまから預かった服を平気で傷つける。そんな流れ作業であっても、安ければいいのです。個人経営の店は、どうしたって価格で勝負できません。私も親父から継いだ店を維持できず、フランチャイズで取次店を営むオーナーとなりました。いまでは店の洗濯機を動かすこともありません。私の仕事はクリーニングではなく、お客さまから預かった服にホチキスでタグをつけるだけ。そんな情けない私ですが、クリーニング店の繁忙期は衣替えシーズンなので、二月はかなりひまです」

今日のように、平日となるとなおさらだ。

「取次店となって鬱々《うつうつ》とする私を、明るく笑わせてくれたのはラジオでした。『中島ヒデキの午後のラジオ』は、放送時間的にも、もはや相棒と言える存在です」

「えー、みなさんが感じていることを言いましょう。長い。暗い」

「ひどい。ほめていただいたのに」

「まあね、暗くなっちゃう気持ちはわかります。さっき『ラジオ・スターの悲劇』をかけてもらいましたけど、あれなんてまさにそういう歌ですからね。MTVの台頭《たいとう》で、誰もラジオで音楽なんて聴かなくなっちゃったよって」

「そういう意図があったんですか」

「あったんですよ。『メリヤスと粉石鹸』さんに長いと言っておいてなんですが、あたしも語らせてください。お便りコーナーの前にも言いましたが、あたしはもともと三人でコントをしていた芸人でしてね」

「みなさん知っていると思います」

「いやいや。板の上でやっていたのは、それこそ四十年も前のことですからね。あたしはいわゆるツッコミ役でしたが、いまの若い芸人さんみたいに、言葉の妙なんてありません。『よしなさい』、『やめなさい』、『いいかげんにしなさい』だけです」

「コントですと、設定のほうが大事ですもんね」

「そういうんじゃなくて、単にあたしの才能がなかったんですよ。でもグループは売れました。あたしは役に立ちませんが、リーダーはみなさんご存じの通り、才能の塊でしたからね。ケンジも芝居がうまかったし」

「お笑い界の重鎮、洞川《ほらかわ》タクローさんと、俳優の近江屋《おうみや》ケンジさんですね」

「売れてるんだから、名前なんて出さなくていいですよ。でもまあね、あいつらのおかげであたしもテレビに出ました。そしてボロも出ました。腕がないから、次の収録に呼ばれないんです。でもリーダーとケンジは続けて出演します。あたしはツッコミ役だから頭がいいんだろうと思われて、クイズ番組に出させてもらいました。でも普通なんです。難しい問題はわからないし、笑わせるボケ解答もできない。だから次回は呼ばれない。由利さんもフリーアナウンサーだから、この恐怖がわかるでしょう」

「わかります。毎日が綱渡りみたいで、しかもたいてい落っこちます」

「芸人より面白いこと言わないでください。これ由利さん、台本なしで言ってますからね。たいしたもんです。それでまあ事務所はね、あたしの扱いに困ったわけです。ヒデキはなにができるんだって。おかげであちこちで、いろんなオーディションを受けさせられました。でも引っかかったのは、ラジオ番組ひとつです」

「えっ、まさかこの番組ですか」

「いまは亡き当時のプロデューサーが、午後の番組だから普通でいいんだよってね。耳の障《さわ》りにならない、リスナーに寄り添える人がいいんだって」

「そういうお便りは多いですもんね。『中島さんはちょうどいい』って」

「だからあたしはがんばりましたよ。グループはもうピンでの活動が当たり前になっていたんで、あたしにはこの仕事しかありません。ときにちっぽけな芸人魂が出て暴走もしましたが、いつでもリスナーさんの気持ちを考えながらしゃべっていました。ここは共感してほしいだろう。たまには角度の違う意見も聴きたいだろう。じゃあ雑学の勉強もしなければ。そんな風にない頭をしぼってやっていたら、いつの間にやら三十年ですよ。おかげで長寿番組として表彰もされました。『ラジオ・スターの悲劇』とは逆で、あたしはラジオに救われたんですよ。これぞまさに……？」

「ええと、『ラジオスターのヒデキ』、って私に言わせないでくださいよ」

「自分で言うとすべりますからね。そんなあたしの相棒は、もちろん由利遙香《ゆりはるか》です」

「えっ……ありがとうございます。すみません。普通にびっくりしました」

「みなさんもご存じの通り、由利さんすごいでしょう。若いのに当意即妙《とういそくみょう》で」

「あっ、うれしいんですけど、若くはないです。来年不惑《ふわく》です」

「七十のあたしからしたら、娘よりも下ですよ。でもまあね、由利さんだって、最初からこんな風にうまくできたわけじゃありません。由利さん、何年目でしたっけ」

「ええと、番組アシスタントとしては八年目です」

「性格がね、けっこうのんびりした人でね。それが『もたもたしている』と受け取られるようで、一年目は『アシスタントを代えろ』、『前の人に戻して』ってお便りが、それこそ山のようにきていました」

「つい先日、ディレクターから聞きました。こういうお便りがきてたけど、中島さんがぜんぶ無視するように言ったって」

「リスナーの意見は大事ですけどね。あたしは由利さん以前にも、たくさんの相棒がいました。どのアシスタントも、みんな違う個性を持っているものでね。最初は前のほうがいいと言っていたリスナーも、みんな最後には辞めないでとなるんです。あたしはそれを知っていたから、背後の相棒を信じて駕籠を担ぐのみですよ」

「……すいません。ちょっと、あの、すいません……」

　由利さんが涙声で詫びている。

「こういうときに泣けるのは、それだけ努力をしてきた人です。みなさん想像してみてください。後ろ盾のないフリーアナウンサーが、陰でなにをがんばってきたか」

「……すいません、ほんと、だめです、ごめんなさい……」

「これね、謝っているのはリスナーさんに対してなんですよ。立派なもんです。若い人の成長を見ると、こっちまで感極まりますね」

中島ヒデキが洟《はな》をすすった。

「それでまあ、なにが言いたいかってぇとですね。さっき言ったように相棒って、そのときに一番信頼しているやつなんですよ。最初は否定しましたが、昔のリーダーやケンジは、間違いなくあたしの相棒でした。相棒が代わったときは、前の相棒と比べて不満が出るのは当たり前です。それはたぶん、自分自身への不満なんですよ。それだけ前の相棒に頼っていたってね。だからメリヤスさんね。いまの相棒、実際はホチキスなんでしょう。アイロンとホチキスを比べて『ラジオ・スターの悲劇』みたいな不満を持っているけれど、それは自身へ向けた言葉だってわかってるはずです」

その通りだ。いまの状況を招いたのは、ホチキスのせいではない。大手に勝てるわけはないと、あきらめてフランチャイズに加盟したのは私自身だ。

「でもね、メリヤスさんが、このラジオを相棒と言ってくれたのは、本当に心の底からうれしかった。あなたの仕事の一助となれたことが、あたしは誇りです。そしてだからこそね、相棒と思ってもらえているうちに去りたいんです」

私はもちろん、全リスナーが耳を疑っただろう。

「最近ね、みなさんも気になっているでしょうが、加齢のせいか声が出ません。いまも聞き取りづらいはずですが、由利さんがうまくフォローしてくれるから、なんとなく聞けているんだと思います」

「相棒として、そんなことはないと断言しておきます」

「じゃあ続けようかな。いや冗談ですよ。いま辞めれば、芸能ニュースで『勇退《ゆうたい》』って記事にしてもらえますからね」

「本当は辞めたくないってことじゃないですか」

「まあね。でも落語の師匠がたに聞いても、やっぱり辞めどきは声だってね。あたしも三十年ラジオをやってきたんで、プロとしての矜持《きょうじ》ってもんがあります」

「番組終わりには、スタッフ全員で慰留《いりゅう》しますからね。覚悟してください」

「安心してください。由利さんにも必ず、新しい相棒が見つかりますよ。そいつはあたしと比べたら、ぱっとしないかもしれません。でもあたしだって最初は、『グループで一番つまらないやつの番組が始まった』なんて言われたもんです。相棒って、そういうものなんですよ。信頼しないと、相棒になってくれないんです」

「うう……もっと聞きたいけど、そろそろ終わりの時間です」

「まあ湿っぽいのは嫌なんで、最後は明るく締めましょうかね。ハードボイルドな刑事の相棒も、職人たちの仕事道具も、家族のような存在の動物も、あなたが信じればみんなよき相棒です。というか打ちあわせなしのぶっちゃけトークなんで、まだ契約とかありますからね。あたしはあと三ヶ月くらい、普通に出てきてしゃべりますよ。来週も聴いてください。ごきげんよう」

「私の涙を返してください。ごきげんよう」

番組が終わってしばらく、私は放心していた。

中島氏は私のメールを読んだことで、引退を決意したのだろうか。

そんなことはないと思うが、きっかけにはなったのかもしれない。

だとしたら、今回の放送もまた私にとってはきっかけだ。

手の中のホチキスを、信じるように握りしめる。

自動ドアの外を見ると、小さな雪だるまはすでにとけていた。

もうすぐ春がくる。クリーニング店の繁忙期だ。

五十歳は若くないが、勇退するには早すぎる。

いつかもう一度自分の店を持つ夢を見ながら、私は相棒でタグを留めた。

この物語はフィクションです。
実在の人物、団体等とは一切関係がありません。
本作は、書き下ろしです。

PROFILE 著者プロフィール

死が別つもの

朝比奈歩

東京在住。最近はじめたビオトープ。なぜかタニシが増殖して困惑中。著書に『嘘恋ワイルドストロベリー』。『たちまちクライマックス』の1、2、4に参加。どちらもポプラ社刊。

タピオカとジップライン

杉背よい

著書に『あやかしだらけの託児所で働くことになりました』（マイナビ出版ファン文庫）、『まじかるホロスコープ☆こちら天文部キューピッド係』（KADOKAWA）など。石上加奈子名義で脚本家としても活動中。

サリバン先生とひきこもり

浜野稚子

2017年『レストラン・タブリエの幸せマリアージュ』（マイナビ出版ファン文庫）でデビュー。

こいつは相棒

猫屋ちゃき

乙女系小説とライト文芸を中心に活動中。2017年4月に書籍化デビュー。著書に『こんこん、いなり不動産』シリーズ（マイナビ出版ファン文庫）『扉の向こうはあやかし飯屋』（アルファポリス）などがある。

借金大王

神野オキナ

沖縄県出身在住。主な著書に『カミカゼの邦』『警察庁私設特務部隊KUDAN』（徳間文庫）『（宵闇）は誘う』（LINE文庫）『タロット・ナイト』（双葉社）など。最新刊に『国防特行班E510』（小学館）。

君は違う

一色美雨季

『浄天眼謎とき異聞録～明治つれづれ推理』で第2回お仕事小説コングランプリを受賞。その他著書に『吉原水上遊郭まやかし婚姻譚』（ポプラ文庫ピュアフル）など。美雨季名義でノベライズも手掛ける。

パルトネール

ひらび久美

大阪府在住の英日翻訳者。『福猫探偵～無愛想ですが事件は解決します～』『Sのエージェント～お困りのあなたへ～』（ともにマイナビ出版ファン文庫）のほか、恋愛小説も多数執筆。最近のマイブームはハーブティー。

歳の離れたちぐはぐ相棒

桔梗楓

恋愛小説を中心に執筆。趣味はコンシューマーゲームとレジン制作。著書に『河童の懸場帖東京「物の怪」訪問録』（マイナビ出版ファン文庫）、『京都北嵯峨シニガミ貸本屋』（双葉文庫）ほか。

相棒の作り方

霜月りつ

私の相棒と言えばキングジムさんのデジタルメモ・ポメラかな。これを持って喫茶店に行って執筆します。自宅のＰＣでは主に推敲。頼りにしてます。著書に『神様の用心棒』『神様の子守始めました。』『後宮鬼譚』シリーズ等。

二億円の贈り物

朝来みゆか

２０１３年から、大人の女性向け恋愛小説を中心に活動中。富士見Ｌ文庫にも著作あり。ペンネームは朝型人間っぽいですが、現実は毎朝ぎりぎり。玄関を出てから忘れ物に気づくのはもう卒業したいです。

出来心

鳴海澪

恋愛小説を中心に活動を始める。恋愛小説の個人的バイブルは『ジェーン・エア』。動物では特に、齧歯類と小鳥が好き。既刊に『ようこそ幽霊寺へ～新米僧侶は今日も修業中～』（マイナビ出版ファン文庫）などがある。

シーグラスは波間へ還る

溝口智子

福岡県出身、在住。お酒をこよなく愛す。好きなツマミは餃子と焼き鳥。福岡の焼き鳥屋でなくてはならない豚バラが、ほかの地方では焼き鳥屋には置かれないと知りショックを受けた。豚足も好物。

あなたとなら、どこまでも

編乃肌

石川県出身。第2回お仕事小説コン特別賞受賞作『花屋ゆめゆめで不思議な花束を』（マイナビ出版ファン文庫）でデビュー。『ウソつき夫婦のあやかし婚姻事情　旦那さまは最強の天邪鬼!?』（スターツ出版）など。

〆っぽい話

鳩見すた

第21回電撃小説大賞《大賞》を受賞しデビュー。著書に『ひとつ海のパラスアテナ』（電撃文庫）、『アリクイのいんぼう』（メディアワークス文庫）、『こぐまねこ軒』（マイナビ出版ファン文庫）など。

相棒の泣ける話

2022年5月31日　初版第1刷発行

著　者　朝比奈歩／杉背よい／浜野稚子／猫屋ちゃき／神野オキナ／一色美雨季／ひらび久美／桔梗楓／霜月りつ／朝来みゆか／鳴海澪／溝口智子／編乃肌／鳩見すた

発行者　滝口直樹

編集　ファン文庫Tears編集部、株式会社イマーゴ

発行所　株式会社マイナビ出版

〒101-0003　東京都千代田区一ツ橋二丁目6番3号 一ツ橋ビル　2F
TEL　0480-38-6872（注文専用ダイヤル）
TEL　03-3556-2731（販売部）
TEL　03-3556-2735（編集部）
URL　https://book.mynavi.jp/

イラスト　カバー：一ノ瀬ゆま／扉：sassa

装　幀　坂井正規

フォーマット　ベイブリッジ・スタジオ

DTP　珍田大悟（マイナビ出版）

印刷・製本　中央精版印刷株式会社

●定価はカバーに記載してあります。●乱丁・落丁についてのお問い合わせは、
注文専用ダイヤル（0480-38-6872）、電子メール（sas@mynavi.jp）までお願いいたします。
●本書は、著作権上の保護を受けています。本書の一部あるいは全部について、
著者、発行者の承認を受けずに無断で複写、複製することは禁じられています。
●本書によって生じたいかなる損害についても、著者ならびに株式会社マイナビ出版は責任を負いません。
©2022 Mynavi Publishing Corporation ISBN978-4-8399-7972-0

Printed in Japan